鵲橋的想像

—徐訏文集—

戲劇卷

導言　徬徨覺醒：徐訏的文學道路

陳智德

「個人的苦悶不安，徬徨無依之感，正如在大海狂濤中的小舟。」[1]

——徐訏〈新個性主義文藝與大眾文藝〉

在二十世紀四、五十年代之交，度過戰亂，再處身國共內戰意識形態對立夾縫之間的作家，應自覺到一個時代的轉折在等候著，尤其在當時主流的左翼文壇以外，被視為「自由主義作家」或「小資產階級作家」的一群，包括沈從文、蕭乾、梁實秋、張愛玲、徐訏等等，一整代人在政治旋渦以至個人處境的去與留之間徘徊，最終作出各種自願或不由自主的抉擇。

[1] 徐訏〈新個性主義文藝與大眾文藝〉，收錄於《現代中國文學過眼錄》，台北：時報文化，一九九一。

一

一九四六年八月，徐訏結束接近兩年間《掃蕩報》駐美特派員的工作，從美國返回中國，直至一九五〇年中離開上海奔赴香港，在這接近四年的歲月中，他雖然沒有寫出像《鬼戀》和《風蕭蕭》這樣轟動一時的作品，卻是他整理和再版個人著作的豐收期，他首先把《風蕭蕭》交給由劉以鬯及其兄長新近創辦起來的懷正文化社出版，據劉以鬯回憶，該書出版後，「相當暢銷，不足一年，（從一九四六年十月一日到一九四七年九月一日），印了三版」[2]，其後再由懷正文化社或夜窗書屋初版或再版了《阿刺伯海的女神》（一九四六年初版）、《烟圈》（一九四六年初版）、《蛇衣集》（一九四八年初版）、《幻覺》（一九四八年初版）、《四十詩綜》（一九四八年初版）、《兄弟》（一九四七年再版）、《母親的肖像》（一九四七年再版）、《生與死》（一九四七年再版）、《春韮集》（一九四七年再版）、《一家》（一九四七年再版）、《海外的鱗爪》（一九四七年再版）、《舊神》（一九四七年再版）、《成人的童話》（一九四七年再版）、《西流集》（一九四七年再版）、潮來的時候（一九四八年再版）、《黃浦江頭的夜月》

2 劉以鬯〈憶徐訏〉，收錄於《徐訏紀念文集》，香港：香港浸會學院中國語文學會，一九八一。

（一九四八年再版）、《吉布賽的誘惑》（一九四九再版）、《婚事》（一九四九年再版），[3]粗略統計從一九四六年至一九四九年這三年間，徐訏在上海出版和再版的著作達三十多種，成果可算豐盛。

《風蕭蕭》早於一九四三年在重慶《掃蕩報》連載時已深受讀者歡迎，一九四六年首次結集成單行本出版，沈寂的回憶提及當時讀者對這書的期待：「這部長篇在內地早已是暢銷一時的名著，可是淪陷區的讀者還是難得一見，也是早已企盼的文學作品」[4]，當劉以鬯及其兄長創辦懷正文化社，就以《風蕭蕭》為首部出版物，十分重視這書，該社創辦時發給同業的信上，即頗為詳細地介紹《風蕭蕭》，作為重點出版物。徐訏有一段時期寄住在懷正文化社的宿舍，與社內職員及其他作家過從甚密，直至一九四八年間，國共內戰愈轉劇烈，幣值急跌，金融陷於崩潰，不單懷正文化社結束業務，其他出版社也無法生存，徐訏這階段整理和再版個人著作的工作，無法避免遭遇現實上的挫折。

然而更內在的打擊是一九四八至四九年間，主流左翼文論對被視為「自由主義作家」或「小資產階級作家」的批判，一九四八年三月，郭沫若在香港出版的《大眾文藝叢刊》第一輯發表

[3] 以上各書之初版及再版年份資料是據賈植芳、俞元桂主編《中國現代文學總書目》、北京圖書館編《民國時期總書目，一九一一－一九四九》。

[4] 沈寂〈百年人生風雨路——記徐訏〉，收錄於《徐訏先生誕辰100週年紀念文選》，上海：上海社會科學院出版社，二〇〇八。

〈斥反動文藝〉，把他心目中的「反動作家」分為「紅黃藍白黑」五種逐一批判，點名批評了沈從文、蕭乾和朱光潛。該刊同期另有邵荃麟〈對於當前文藝運動的意見——檢討・批判・和今後的方向〉一文重申對知識份子更嚴厲的要求，包括「思想改造」。雖然徐訏不像沈從文般受到即時的打擊，但也逐漸意識到主流文壇已難以容納他，如沈寂所言：「自後，上海一些左傾的報紙開始對他批評。他無動於衷，直至解放，輿論對他公開指責。稱《風蕭蕭》歌頌特務。他也不辯論，知道自己不可能再在上海逗留，上海也不會再允許他曾從事一輩子的寫作，就捨別妻女，離開上海到香港。」[5]一九四九年五月二十七日，解放軍攻克上海，中共成立新的上海市人民政府，徐訏仍留在上海，差不多一年後，終於不得不結束這階段的工作，在不自願的情況下離開，從此一去不返。

二

一九五〇年的五、六月間，徐訏離開上海來到香港。由於內地政局的變化，其時香港聚集了大批從內地到港的作家，他們最初都以香港為暫居地，但隨著兩岸局勢進一步變化，他們大部份

5 沈寂〈百年人生風雨路——記徐訏〉，收錄於《徐訏先生誕辰100週年紀念文選》，上海：上海社會科學院出版社，二〇〇八。

最終定居香港。另一方面，美蘇兩大陣營冷戰局勢下的意識形態對壘，造就五十年代香港文化刊物興盛的局面，內地作家亦得以繼續在香港發表作品。徐訏的寫作以小說和新詩為主，來港後亦寫作了大量雜文和文藝評論，五十年代中期，他以「東方既白」為筆名，在香港《祖國月刊》及台灣《自由中國》等雜誌發表〈從毛澤東的沁園春說起〉、〈新個性主義文藝與大眾文藝〉、〈在陰黯矛盾中演變的大陸文藝〉等評論文章，部份收錄於《在文藝思想與文化政策中》、《回到個人主義與自由主義》及《現代中國文學過眼錄》等書中。

徐訏在這系列文章中，回顧也提出左翼文論的不足，特別對左翼文論的「黨性」提出質疑，也不同意左翼文論要求知識份子作思想改造。這系列文章在某程度上，可說回應了一九四八、四九年間中國大陸左翼文論的泛政治化觀點，更重要的，是徐訏在多篇文章中，以自由主義文藝的觀念為基礎，提出「新個性主義文藝」作為他所期許的文學理念，他說：「新個性主義文藝必須在文藝絕對自由中提倡，要作家看重自己的工作，對自己的人格尊嚴有覺醒而不願為任何力量做奴隸的意識中生長。」[6]徐訏文藝生命的本質是小說家、詩人，理論鋪陳本不是他強項，然而經歷時代的洗禮，他也竭力整理各種思想，最終仍見頗為完整而具體地，提出獨立的文學理念，尤其把這系列文章放諸冷戰時期左右翼意識形態對立、作家的獨立尊嚴飽受侵蝕的時代，更見徐訏

[6] 徐訏〈新個性主義文藝與大眾文藝〉，收錄於《現代中國文學過眼錄》，台北：時報文化，一九九一。

提出的「新個性主義文藝」所倡導的獨立、自主和覺醒的可貴，以及其得來不易。

《現代中國文學過眼錄》一書除了選錄五十年代中期發表的文藝評論，包括《在文藝思想與文化政策中》和《回到個人主義與自由主義》二書中的文章，也收錄一輯相信是他七十年代寫成的回顧五四運動以來新文學發展的文章，集中在思想方面提出討論，題為「現代中國文學的課題」，多篇文章的論述重心，正如王宏志所論，是「否定政治對文學的干預」[7]，而當中表面上是「非政治」的文學史論述，「實質上具備了非常重大的政治意義：它們否定了大陸的文學史論述」[8]，徐訏所針對的是五十年代至文革期間中國大陸所出版的文學史當中的泛政治論述，動輒以「反動」、「唯心」、「毒草」、「逆流」等字眼來形容不符合政治要求的作家；所以王宏志最後提出《現代中國文學過眼錄》一書的「非政治論述」，實際上「包括了多麼強烈的政治含義」。這政治含義，其實也就是徐訏對時代主潮的回應，以「新個性主義文藝」所倡導的獨立、自主和覺醒，抗衡時代主潮對作家的矮化和宰制。

《現代中國文學過眼錄》一書顯出徐訏獨立的知識份子品格，然而正由於徐訏對政治和文藝的清醒，使他不願附和於任何潮流和風尚，難免於孤寂苦悶，亦使我們從另一角度了解徐訏文學

[7] 王宏志〈心造的幻影——談徐訏的《現代中國文學的課題》〉，收錄於《歷史的偶然：從香港看中國現代文學史》，香港：牛津大學出版社，一九九七。

[8] 同前註。

作品中常常流露的落寞之情，並不僅是一種文人性質的愁思，而更由於他的清醒和拒絕附和。一九五七年，徐訏在香港《祖國月刊》發表〈自由主義與文藝的自由〉一文，除了文藝評論上的觀點，文中亦表達了一點個人感受：「個人的苦悶不安，徬徨無依之感，正如在大海狂濤中的小舟。」[9]放諸五十年代的文化環境而觀，這不單是一種「個人的苦悶」，更是五十年代一輩南來香港者的集體處境，一種時代的苦悶。

三

徐訏到香港後繼續創作，從五十至七十年代末，他在香港的《星島日報》、《星島週報》、《祖國月刊》、《今日世界》、《文藝新潮》、《熱風》、《筆端》、《七藝》、《新生晚報》、《明報月刊》等刊物發表大量作品，包括新詩、小說、散文隨筆和評論，並先後結集為單行本，著者如《江湖行》、《盲戀》、《時與光》、《悲慘的世紀》等。香港時期的徐訏也有多部小說改編為電影，包括《風蕭蕭》（屠光啟導演、編劇，香港：邵氏公司，一九五四）、《傳統》（唐煌導演、徐訏編劇，香港：亞洲影業有限公司，一九五五）、《痴心井》（唐煌導演、

[9] 徐訏〈自由主義與文藝的自由〉，收錄於《個人的覺醒與民主自由》，台北：傳記文學出版社，一九七九。

王植波編劇，香港：邵氏公司，一九五五）、《鬼戀》（屠光啟導演、編劇，香港：麗都影片公司，一九五六）、《盲戀》（易文導演、徐訏編劇，香港：新華影業公司，一九五六）、《後門》（李翰祥導演、王月汀編劇，香港：邵氏公司，一九六〇）、《江湖行》（張曾澤導演、倪匡編劇，香港：邵氏公司，一九七三）、《人約黃昏》（改編自《鬼戀》，陳逸飛導演、王仲儒編劇，香港：思遠影業公司，一九九六）等。

徐訏早期作品富浪漫傳奇色彩，善於刻劃人物心理，如〈鬼戀〉、〈吉布賽的誘惑〉、〈精神病患者的悲歌〉等，五十年代以後的香港時期作品，部份延續上海時期風格，如《江湖行》、《後門》、《盲戀》，貫徹他早年的風格，另一部份作品則表達歷經離散的南來者的鄉愁和文化差異，如小說《過客》、詩集《時間的去處》和《原野的呼聲》等。

從徐訏香港時期的作品不難讀出，徐訏的苦悶除了性格上的孤高，更在於內地文化特質的堅守，拒絕被「香港化」。在《鳥語》、《過客》和《癡心井》等小說的南來者角色眼中，香港不單是一塊異質的土地，也是一片理想的墓場、一切失意的觸媒。一九五〇年的《鳥語》以「失語」道出一個流落香港的上海文化人的「雙重失落」，而在《癡心井》的終末則提出香港作為上海的重像，形似卻已毫無意義。徐訏拒絕被「香港化」的心志更具體見於一九五八年的《過客》，自我關閉的王逸心以選擇性的「失語」保存他的上海性，一種不見容於當世的孤高，既使他與現實格格不入，卻是他保存自我不失的唯一途徑。[10]

徐訏寫於一九五三年的〈原野的理想〉一詩，寫青年時代對理想的追尋，以及五十年代從上海「流落」到香港後的理想幻滅之感：

多年來我各處漂泊，
唯願把血汗化為愛情，
遍灑在貧瘠的大地，
孕育出燦爛的生命。

但如今我流落在污穢的鬧市，
陽光裡飛揚著灰塵，
垃圾混合著純潔的泥土，
花不再鮮豔，草不再青。

10 參陳智德《解體我城：香港文學1950-2005》，香港：花千樹出版有限公司，二〇〇九。

海水裡漂浮著死屍，
山谷中蕩漾著酒肉的臭腥，
潺潺的溪流都是怨艾，
多少的鳥語也不帶歡欣。

茶座上是庸俗的笑語，
市上傳聞著漲落的黃金，
戲院裡都是低級的影片，
街頭擁擠著廉價的愛情。

此地已無原野的理想，
醉城裡我為何獨醒，
三更後萬家的燈火已滅，
何人在留意月兒的光明。

「原野的理想」代表過去在內地的文化價值，在作者如今流落的「污穢的鬧市」中完全落空，面對的不單是現實上的困局，更是觀念上的困局。這首詩不單純是一種個人抒情，更哀悼一代人的理想失落，筆調沉重。〈原野的理想〉一詩寫於一九五三年，其時徐訏從上海到香港三年，由於上海和香港的文化差距，使他無法適應，但正如同時代大量從內地到香港的人一樣，他從暫居而最終定居香港，終生未再踏足家鄉。

四

司馬長風在《中國新文學史》中指徐訏的詩「與新月派極為接近」，並以此而得到司馬長風的正面評價[11]，徐訏早年的詩歌，包括結集為《四十詩綜》的五部詩集，形式大多是四句一節，隔句押韻，一九五八年出版的《時間的去處》，收錄他移居香港後的詩作，形式上變化不大，仍然大多是四句一節，隔句押韻，大概延續新月派的格律化形式，使徐訏能與消逝的歲月多一分聯繫，該形式與他所懷念的故鄉，同樣作為記憶的一部份，而不忍割捨。

在形式以外，《時間的去處》更可觀的，是詩集中〈原野的理想〉、〈記憶裡的過去〉、

[11] 司馬長風《中國新文學史（下卷）》，香港：昭明出版社，一九七八。

〈時間的去處〉等詩流露對香港的厭倦、對理想的幻滅、對時局的憤怒，很能代表五十年代一輩南來者的心境，當中的關鍵在於徐訏寫出時空錯置的矛盾。對現實疏離，形同放棄，皆因被投放於錯誤的時空，卻造就出《時間的去處》這樣近乎形而上地談論著厭倦和幻滅的詩集。

六七十年代以後，徐訏的詩歌形式部份仍舊，卻有更多轉用自由詩的形式，不再四句一節，隔句押韻，這是否表示他從懷鄉的情結走出？相比他早年作品，徐訏六七十年代以後的詩作更精細地表現哲思，如《原野的理想》中的〈久坐〉、〈等待〉和〈觀望中的迷失〉、〈變幻中的蛻變〉等詩，嘗試思考超越的課題，亦由此引向詩歌本身所造就的超越。另一種哲思，則思考社會和時局的幻變，《原野的理想》中的〈小島〉、〈擁擠著的群像〉以及一九七九年以「任子楚」為筆名發表的〈無題的問句〉，時而抽離、時而質問，以至向自我的內在挖掘，尋求回應外在世界的方向，尋求時代的真象，因清醒而絕望，卻不放棄掙扎，最終引向的也是詩歌本身所造就的超越。

最後，我想再次引用徐訏在《現代中國文學過眼錄》中的一段：「新個性主義文藝必須在文藝絕對自由中提倡，要作家看重自己的工作，對自己的人格尊嚴有覺醒而不願為任何力量做奴隸的意識中生長。」[12]時代的轉折教徐訏身不由己地流離，歷經苦思、掙扎和持續的創作，最終以

12 徐訏〈新個性主義文藝與大眾文藝〉，收錄於《現代中國文學過眼錄》，台北：時報文化，一九九一。

倡導獨立自主和覺醒的呼聲，回應也抗衡時代主潮對作家的矮化和宰制，可說從時代的轉折中尋回自主的位置，其所達致的超越，與〈變幻中的蛻變〉、〈小島〉、〈無題的問句〉等詩歌的高度同等。

＊陳智德：筆名陳滅，一九六九年香港出生，台灣東海大學中文系畢業，香港嶺南大學哲學碩士及博士，現任香港教育學院文學及文化學系助理教授，著有《解體我城：香港文學1950-2005》、《地文誌——追憶香港地方與文學》、《抗世詩話》以及詩集《市場，去死吧》、《低保真》等。

目次

輯一　歌劇

潮來的時候

獻辭

親愛的：
我不敢再叫你悲嘆，
抑鬱，哭泣，呻吟。
我要緘默，
緘默得像一條魚，
沉在大海深處靜聽，
聽你徹悟的笑，
笑自己的喜悅，煩惱，傷心，

自己的功與罪，醜與美，
得與失，敗與勝，
以及自己的愚笨與聰敏。

序幕

時：當此時也。

地：有一個地方。

布景：一個稻場，台後是山，山後是海。台後右方是一個小丘，丘上是一個燈塔，在第一、二幕時尚未完成，到第三幕後來才發光。燈塔後方隱約有幾間簡樸的洋房，是給工程師住的。稻場的四周都有路可以出入，或到別個村莊，或到海邊，或到附近的住家。

人物：妖婆甲、乙、丙、丁。兒童甲、乙、丙、丁、戊、己、庚、辛……。瘋漢。工程師。緣茵。覺岸。白汶。牧童。半啞。瞎子。口吃的跛子。耳聾的駝子。張福白。賬房甲、乙。農僕甲、乙、丙、丁、戊。以及群眾（村男、村女）等。

景色：夜色朦朧，月未上升。漆黑的稻場上，夜鳥樹上叫，狗兒遠處吠，蛙兒滿野啼，蟋蟀到處聲唧唧，好一個悽涼的夜色也。妖婆乙正在場上縫東西。妖婆甲自山後出來，手中拿著繩綑。

第一場

〔妖婆乙、妖婆甲〕

妖婆甲：東邊月亮還沒出來，西邊燈塔還沒有發光，這時候我正好哈哈大笑，笑人世間的繁忙。

妖婆乙：呵，是你！你不知道燈塔是人間的文明，月亮是自然的光明，聰敏的在那中間繁忙，愚蠢的在那裡面發狂。

妖婆甲：呵，是你在這裡，你在縫什麼東西？

妖婆乙：（站起，揚著手上的東西，舞蹈）右手是條破褲，左手是塊破布，老年人說破布補破褲，少年人說破褲補破布，這些都不是我的意思，我只是把他們縫在一起，叫他們終身連連叫苦。

妖婆甲：（一同跳舞）別人的網兒網魚，我的網可要網癡男怨女。她們魚兒般在網裡跳，我可要在網外哈哈笑。

妖婆乙：讓我們糊裡糊塗，在黑暗裡盡情跳舞，年輕的男女抱在床上，被窩裡連連叫苦。

妖婆甲：黑暗中清清楚楚，月光下糊裡糊塗，聰敏的男女抱在床上，被窩裡一塌糊塗。

（鑼聲自遠處傳來，妖婆丙敲著鑼上）

第二場

〔同上場人物。妖婆丙〕

妖婆丙：我拿著一面破鑼，藏著一隻破鍋，打破這面破鑼，去補那隻破鍋；再敲那隻破鍋，來補這隻破鑼。有人說我事情做錯，有人說我闖了大禍，其實我是有意這樣，要把鍋兒鑼兒都打破。

妖婆甲、乙：趁月亮尚未升起，你快來一同跳舞，聰敏反被聰敏誤，人生難得是糊塗。

（山石的樹林中有一點忽明忽滅的火光出現，三人止舞）

妖婆甲：那面來了那點火？

妖婆乙：哪裡？也許就是那點火！

妖婆甲：不錯，這正是那點火。

妖婆甲、乙、丙：那點火，呵，那點火，那點火燒熟過菜，那點火熔過了金，那點火曾把千里的宮殿，萬里的城市化作了青煙杳杳。你記得羅馬因此變成土堆，阿房宮因此化成灰，如今那炮火響處的殘酷，煙囪矗立處的忙碌，都是那點火在那裡作祟。還有是萬千的人民為它生，萬千的人民為它死，如龍如虎的英雄為它變成鬼，還有，多少的富豪官貴，剎那間因它變成窮丐。更不用說世上的平民，千千萬萬的為它啼，為它哭，為它流淚。那點火，呵，那點火，它給人們一點點光明，騙低能的人們相信；它會把幸福帶給人們，但是它遺人們以無窮的災禍。

（一點火冉冉近來）

第三場

〔妖婆甲、乙、丙、丁〕

（妖婆甲、乙、丙、丁上。妖婆丁提一盞燈籠）

妖婆丁：如今要用這一點火，永遠燒著你的心窩，叫你心頭熱，叫你身上香，叫你骨髓裡絲絲發癢，叫你白天裡把牛叫做羊，叫你夜裡把老婆叫做娘。

妖婆丙：來，來，東邊月亮還沒有出來，西邊燈塔還沒有發光，這時候我們正好高唱，唱人世間的繁忙。

妖婆乙：右手是條破布，左手是條破褲，老年人說破布補破褲，少年人說破褲補破布，這些都不是我的意思，我只是把它們縫在一起，叫他們終身叫苦。

妖婆丁：如今我要用這點火，燒掉你的破褲，燒掉你的破布，叫它們變成灰變成煙，糊塗地在空中跳舞。

妖婆甲：海裡是大魚小魚，岸邊是癡男怨女，當我把網兒撒去，駭跑了大魚小魚，跳進了癡男怨女，於是我就把她們當作了魚，笑呵呵背著回去。

妖婆丁：如今我要用這點火，燒熟你網裡的魚，燒熟你網裡的癡男怨女，叫他們糊裡糊塗，從我們的嘴裡吞到肚。

妖婆丙：我拿著一面破鑼，藏著一隻破鍋，打破這面破鑼，去補那隻破鍋；再敲那隻破鍋，來補這隻破鑼。有人說我事情做錯，有人說我闖了大禍，其實我是有意這樣，要把鍋兒鑼兒都打破。

妖婆丁：請你慢把鍋兒打破，讓我來用這一份火。我要用這一份火，煎燒你這隻空鍋，叫它心頭熱，叫它身上破，叫它骨髓裡絲絲發癢，叫它白天怪溫暖的太陽，夜裡怪幽涼的月亮。

妖婆甲：東邊月亮還沒有出來，西邊燈塔還沒有發光，這時候我們正好哈哈大笑，笑人世間的瘋狂。

妖婆丙：讓我們哈哈大笑，笑人世間的瘋狂，笑人世間的繁忙，笑人們在街上亂闖，笑人們在浪中飄蕩，笑人們在煙囪下嘆苦，笑男女在床上發狂。

妖婆乙：哈哈哈哈……

妖婆丁：嗨嗨嗨嗨……

妖婆甲、丙、丁、乙：吱吱吱吱……呵呵呵呵……嗨嗨嗨嗨……哈哈哈哈……

——幕下——

第一幕

景色：景見上幕，唯稻場中間現放有祭潮桌子一方，燭香都已燃起，菜盤參錯。開幕時，舞台暫空，移時兒童十來人上。

第一場

〔兒童甲、乙、丙、丁、戊、己、庚、辛……〕

兒童們：祭潮節，祭潮節，祭潮時節真快樂，牛也不必牽，羊也不必牧，穿紅又穿綠，吃魚又吃肉，你把燈兒點，我把鑼鼓敲，一年有四季，四季都忙碌，只有祭潮節，我們真快樂。

兒童甲：誰築我們牆？誰造我們屋？春夏要為捕魚苦，到冬又為豬忙碌，只有祭潮節，我們真快樂，跳舞又唱歌，穿紅又穿綠，只等月亮升，玩到月亮落，月亮升時我喝酒，月亮落時我吃肉。

兒童乙：讓我們手攜手，圍成了一個圓圈，在這桌子四周旋轉，等待那月兒在天上團圓。

兒童們：（圍著祭桌跳舞）月兒圓，花兒好，魚兒多，風兒少，麥兒肥，稻兒高，牛兒羊兒日日長，人兒人兒長生不老。

兒童丙：月亮還不出來？

兒童丁：月亮怎麼不出來？

兒童乙：風也沒有動，雲也沒有濃，月亮怎麼還不出來？

兒童甲：要是今天沒有月亮，好好的祭潮節過得多麼悽涼？

兒童戊：讓我們祈禱。
兒童庚：讓我們祈禱。
兒童己：讓我們跪在地上祈禱。
兒童甲：（跪下）讓我們大家跪下祈禱。
兒童眾：（跪下）我們都跪下祈禱。
兒童甲：我們是地下窮小孩，禱告天上的菩薩，讓月兒仙子快出來！莫讓雲兒擋住去路，莫讓風兒吹走，莫讓星兒撞壞，莫讓雨兒打瘦。太陽只會帶我們工作，月亮肯伴我們睡覺，但是今天是我們的祭潮節，我們要伴月兒歡笑。並不是我們貪懶，我們一年四季都忙碌，春夏秋冬都沒有閒散，只有這祭潮節我們想尋個快樂。請莫讓山兒吞去，請莫讓海兒淹沒，請莫讓高城留住，請莫讓夜色染黑。我們是地下窮小孩，禱告天上的菩薩，讓月兒仙子快出來。

第二場

〔同上人物。瘋漢〕

瘋漢：是牛總有角，無羊不生毛，種稻田裡都生草，紅顏女子個個老。風也有時靜，天也有時黑，月有陰晴圓缺，人有旦夕禍福。有月固是夜，無月也是夜，你們這群傻小孩，跪在那裡做什麼？

兒童甲：（起立）呵，瘋伯伯，我們在祈禱！

兒童乙：祈禱天上菩薩，讓月兒下來。

（兒童們全起立）

瘋漢：傻孩子，你們快不要空想，今天恐怕要沒有月亮。

（兒童們圍住瘋漢）

兒童甲：要是今天沒有月亮，祭潮節要過得多麼悽涼！

瘋漢：狗在四周汪汪叫，貓頭鷹在樹上瞇瞇笑，要是今天沒有月亮，大禍要來了，大禍要來了！

兒童甲：大禍要來了？

兒童乙：大禍要來了？

兒童們：您怎麼說，瘋伯伯，怎麼大禍要來了？
瘋漢：也許潮水要到田裡漲，那麼稻兒不能長，麥兒不能養，冬天裡沒有芋頭吃，夏天裡沒有草子香。
兒童丁：這話怎麼講？
兒童們：這話倒是怎麼講？
瘋漢：也許今年海浪高過天上月，捕魚的船兒要像風中葉。
兒童丙：這話怎麼講？
兒童們：瘋伯伯，這話倒是怎麼講？
瘋漢：你知道從前有一個祭潮節，就因為月兒不亮，一年中風浪天天大，它捲去我們所有的漁夫，吞沒我們所有的牛羊，還有我們欄裡的雞鴨，都浮在水裡啼它的爹娘。
兒童丁：瘋伯伯，真的麼？
兒童們：那麼我們將怎麼樣？
瘋漢：壯年人死在海裡，青年人瘦在田裡，只有你們這群孩子，每天都為小豬兒忙碌，過年過節吃不到一塊肉。
兒童戊：這怎麼辦，怎麼辦？
兒童們：這樣我們怎麼辦？

瘋漢：但是也許不會這樣，也許是潮兒發次怒，它捲去了一個牧童，或者是捲去一個姑娘。
兒童甲：這算是為什麼？
兒童們：瘋伯伯，這算是為什麼？
瘋漢：這裡面有一個故事。
兒童乙：瘋伯伯，講給我們聽。
兒童丙：講給我們聽。
兒童戊：講，瘋伯伯。
兒童甲：我們聽瘋伯伯講故事。
瘋漢：不要鬧，不要鬧，坐下來聽，坐下來聽，這個故事沒有人知道，是五百年前的一段小事情。
兒童們：坐下來，坐下來，大家坐下來。

（兒童們圍著瘋漢坐下來）

瘋漢：從前有一個潮兒婆婆，就住在這個露光鄉，她沒有別個同伴，只養著一個美麗的姑娘。為這姑娘特別美麗，村中的男子都去獻殷勤，但是潮兒婆婆管得特別嚴厲，不許那姑娘對誰留分情。於是那姑娘非常苦悶，她愛上她頭上的月亮，後來這月亮幻成一隻小船，在海裡騙去了那個姑娘。從此這姑娘住在月宮，潮兒婆婆投在海裡發瘋，但是一年一度，這姑娘踏著月光下來，給潮兒婆婆一個甜夢。所以這潮兒婆婆天天等待，等待中秋夜一天甜夢，但是這位姑娘時常遲來，弄得潮兒婆婆年年發瘋。發瘋發得厲害，村裡船上都是災害，發瘋發得稍微輕，丟幾個豬兒羊兒的性命。去年她發瘋發得特別古怪，捲去了我一個女兒同一個牧童，他們倆在海邊談情，忘記了潮兒婆婆要發瘋。今年的月亮特別晚來，不知潮兒要捲去多少船隻與牛羊，最怕是我還有個美麗的女兒，被拖去做她的姑娘。

兒童甲：你的女兒？

瘋漢：（啜泣）最怕是我那個美麗的女兒，被捲去做她的姑娘。

兒童們：我們願意拼我們的命，救你女兒的性命。

瘋漢；（害怕）不得了，不得了，這樣更加不得了，今天的潮兒一定不得了！

（月亮帶著暈，從東邊升起來）

兒童戊：月亮出來了。

兒童甲：啊，月亮出來了！

兒童乙：嗨！月亮究竟出來了。

兒童丙：呵呵，月亮到底出來了。
兒童丁：哈哈，月亮真的出來了。
兒童們：（手攜手圍著祭桌旋轉）月亮出來了，月亮出來了，狗兒的尾巴要亂搖，牛羊的蹄子要蹦蹦跳，還有到處的鳥兒要喈喈叫，露光鄉的人們要哈哈笑，月亮出來了，月亮出來了！
瘋漢：這顆月亮太糊塗，這事情怕還有嚕囌，我的頭髮風裡搖，我的心兒海裡跳，我知道月兒在天宮裡叫苦，潮兒在海底下發怒。
兒童們：（散奔在四面叫）爸爸媽媽呀，姊姊妹妹呀，哥哥弟弟呀，月亮已經出來了，你們快快出來呀。

（有人從四面上來）

第三場

〔同上人物。一個口吃的跛子、一個耳聾的駝子、一個半啞、同一個瞎子從四周上〕

跛子：（口吃地）月……亮……出……出來……來了？
瞎子：月亮出來了？
半啞：（鼻音地）愈……娘……處……乃堯？
駝子：什麼？你娘撒了溺。
瘋漢：月亮出來了。
駝子：什麼？
瞎子：（指指西方）月亮出來了。
駝子：（望望西方）……
跛子：（指指東方）月……亮……出……來了。
兒童們：月亮出來了，月亮出來了！
駝子：啊，啊，月亮出來了。我從海底裡聽起，直聽到天上的宮殿，天上的宮殿才有人說起，說是月亮出來了。
跛子：（口吃地）月……月亮圓特兒圓，潮……潮水兒轉……轉……轉特兒轉，牛兒……羊兒肥，海……海裡魚……兒富，倉……倉裡五……穀滿。
瞎子：月亮圓圓照九州，幾家歡樂幾家愁。幾家羊兒肥，幾家人兒瘦；幾家船兒多，幾家船夫死在外頭；幾家穀倉滿，幾家肚子餓；月亮人人都看見，只有瞎子最可憐，一年五年又十年，不知月亮是圓還是尖！

半啞：（鼻音地）月亮有時圓，月亮有時尖，只要今天月亮好，今年災禍一定少。

（四面鑼兒響著，燈籠亮著，人聲喧著）

第四場

〔同上人物。群眾甲、乙、丙、丁……舞著上〕

群眾：月亮出來了，月亮出來了，祭潮節月亮出得早，今年風浪一定少，魚兒一定多，人兒一定飽。祭潮節月亮出得早，今年收成一定好，豬兒一定肥，羊兒一定胖，病痛災禍一定少。

月亮出來了！月亮出來了！

兒童們：月亮出來了，月亮出來了，狗兒的尾巴要亂搖，牛羊的蹄子蹦蹦跳，還有到處的鳥兒喈喈叫，露光村的人們要哈哈笑，月亮出來了，月亮出來了。

（群眾們在外圈圍著祭桌旋轉舞蹈，兒童們在內圈相反地繞著祭桌舞蹈）

瘋漢：我頭髮在風中飄，我心靈在血中跳，雞兒鴨兒在籠中啼，烏龜王八在溝裡叫，這些你都曉得，但是你有一點糊塗，你看今年的月亮這樣模糊，它還不在天宮裡暗暗叫苦，於是這嚕嘛的潮兒婆婆，她要在海底下發怒。

群眾：瘋子，瘋子，你的狗嘴總是不長象牙，在這祭潮節我們要個吉利，希望你快快回家，月亮已經出來了，我勸你早點去睡覺。

瘋漢：（被迫退）狗在四周汪汪叫，貓頭鷹在樹上瞇瞇笑，大禍要來了，大禍要來了！我要管住我的女兒，叫她去好好睡覺，憑你們聽著潮兒哭，對著月亮愚蠢地笑！

（大家聽著瘋漢的歌聲遠去，聽著狗吠聲四起）

第五場

〔同上人物。少一個瘋漢〕

群眾：好了，現在快讓我們拿酒來飲，拿爆竹來放，拿鑼鼓來敲，你們會彈箏的彈箏，會吹簫的吹簫。

群眾：我們快拿酒來飲，快拿鑼鼓來敲，請你來彈箏，讓我來吹簫。

（群眾唱著下）

第六場

〔同上人物。一群群眾下。工程師從舞台後右占有燈塔的山坡上下來〕

工程師：這算是幹什麼？這算是幹什麼？深更半夜裡，你們鬧得天翻地覆？

兒童們：這是我們祭潮節，全村裡有三天休息，三天的休息並不多，但是一年四季裡，只有這三天最快樂——我們不必洗船也不必拉磨，我們要跳舞唱歌，吹簫，打鼓，還敲鑼。

工程師：（指祭桌）哈哈，這就是祭潮麼？

駝子：你說什麼？

跛子：（口吃地）是……是的，這……這就是祭……潮。

瞎子：只要祭得今天月亮好，今年的災禍一定少。

工程師：你是一個瞎子，懂得什麼天事，月亮好也不好，你望穿了天也不會知道。

跛子：（口吃地）你不要……說他……他瞎子，但是他……他有一顆顆明亮……亮的心。有人說你，……你是什麼工程師，但是你……你少了一顆……良心。

工程師：你這個跛子，懂得什麼工程師，我在這裡造燈塔，燈塔會給你們光明，給黝黑的海上一個光亮，讓所有的船隻知道路途，正如我同你們說話，將點破你們滿心糊塗。

駝子：什麼？糊塗！你才是頭等糊塗，這是我們祭潮節，你為什麼在這裡嚕囌。

工程師：你是一個矮聾子，懂得什麼天事，這種造天造地的大事，都要問我大工程師。

半啞：（鼻音地）你是工程師，我是半啞子，我唱我的歌，你做你的事。

工程師：你們這一群愚民，不知道對我工程師尊敬，什麼祭潮不祭潮，這些都是迷信，月亮只是一個頑石。我所造的燈塔才是你們的光明。

兒童們：好先生，請你不要管我們，讓我們今夜快樂一場。我們一年四季辛苦，只靠今夜的月亮。今夜已經有了月亮，我們要敲鑼跳舞到天亮。請你先生生個好心，讓我們快樂一場。

工程師：你們這群小愚民，也不知道對我尊敬，什麼快樂不快樂，唱歌跳舞都迷信，月亮只是一個頑石，我所造的燈塔，才是上帝定下的科學，叫我帶給你們光明。

第七場

〔同上人物。緣茵自燈塔的山坡下來〕

緣茵：爸爸，爸爸。時候已經不早，你為什麼還同他們吵鬧。

工程師：就因為這群愚民，一肚子是迷信，他們在這裡吵鬧，叫我如何睡覺。

緣茵：但是今夜是他們祭潮節，他們有三天休息，一年四季他們都勞碌，今天怎麼不讓他們來歡樂。

兒童們：（歡樂地）到底她是一個好姑娘，有一顆可愛的心腸，我們不愛你的燈塔，我們愛你的那位姑娘。

（兒童圍著緣茵跳舞）

工程師：什麼？什麼？

兒童們：我們不愛你燈塔的光亮，我們愛天上的月亮，同你可愛的姑娘。

工程師：什麼？什麼？

緣茵：爸爸，爸爸，你是一個偉大科學家，何必同他們孩子們生氣，我勸你早點去睡覺，同他們吵鬧有什麼意義？

工程師：他們這一群愚民，一肚子是迷信，我要告訴他們上帝，那才是真正的神明，我還要告訴他們科學，叫他們對我尊敬。我帶給他們二十世紀的文明，掃除他們可憐的迷信！

緣茵：但是這是長期的工作，不是今天一夜的事情，今天他們要尋個快樂，你何必掃他們的興。（緣茵拉他爸爸上坡）我勸你早點睡覺，不要管這裡的歡笑。

（工程師緩緩上山坡）

第八場

〔同上人物。少一個工程師〕

緣茵：請你們原諒我的父親，他有一個頑固的心靈；讓我伴你們歡樂，我們今夜要跳舞到天明。

（緣茵拉著一群兒童跳舞唱歌）

緣茵：東方有一首詩，西方有一個故事，拿了東方的詩，配那西方的故事，這就是你們這一群孩子。

兒童們：東邊有個太陽，西邊有顆月亮，拿這顆美麗的月亮，配那個光明的太陽，那就是我們的緣茵姑娘。

駝子、跛子、瞎子、半啞：山上有的是鳥，山下有的是青蛙，隻隻鳥會叫，隻隻蛙會跳。跳跳，叫叫，叫叫，跳跳，叫出一顆月亮哈哈笑。

（牧童伴著白汶上）

第九場

〔同上人物。牧童、白汶〕

牧童：村外一顆月亮，村裡一顆月亮。

白汶：海上一顆月亮，田上一顆月亮。

牧童：誰知道哪一顆月兒亮。

兒童甲：王小哥，你上哪兒去了，怎麼不到這兒一同唱歌？
牧童：我帶著我所愛的姑娘，在海邊一同看月亮。
緣茵：白汶姐姐，你的福氣真好，有這樣一個聰敏美麗的男子，他為你顛倒，伴著你在各處跑。
白汶：緣茵姐，你不要同我開玩笑，我聽說西村上一個地主的兒子，有一天在海邊看見你，因為你實在太美麗，他要討你做家小；這裡的船隻都是他的，這裡的田地都是他的，他還有許多貨物在海裡來回飄。
緣茵：這話是哪裡來的？
白汶：這是他聽來的消息。
緣茵：王小哥，你的消息是真的麼？
牧童：不是真的，難道是我假造？他家是這個縣裡的首富，有船有田不算數，還有縣裡省裡的官員，都是他們的朋友親戚與家奴。
白汶：這裡我們所用的漁船都是他的，他家還有貨船到各地來往，偏偏這裡有風有浪，所以請你父親來這裡造個燈塔，讓他們發財便當。
牧童：所以你將是我們的主人，我們都是你家奴。
緣茵：快不要開玩笑！請你告訴我，你說我父親知道了麼？
牧童：你父親自然知道，他家派人同你父親說，你父親連連道好，明天他家的兒子要來這裡，你父親要替你介紹。

（工程師在山坡上叫）

第十場

〔同上人物。工程師〕

工程師：（在山坡上）緣茵，緣茵！你怎麼還不來睡？時候已經不早，快不要同他們再鬧！

緣茵：我來了，我就來，爸爸，你進去吧，我立刻就來。

工程師：你來，快來。

緣茵：我要回去了，但是你的消息，給了我許多害怕與痛苦，我的心像是月亮遇到了月蝕！

（緣茵上山坡）

緣茵：再會，再會，小朋友，今夜的月光如水，祝你們盡量歡樂，在月光下暢遊，像魚兒們在水裡游。

兒童們：緣茵姑娘明天會，我們在月光下唱歌，祝你在甜夢裡安睡。

第十一場

〔同上人物。少一工程師。瘋漢上〕

瘋漢：狗在四周汪汪叫，貓頭鷹在樹上瞇瞇笑，雞兒鴨兒在籠中啼，烏龜王八在溝裡叫，大禍要來了，大禍要來了！

瞎子：你還沒有去睡覺？

駝子：你還沒有去睡覺？

半啞：（鼻音地）你還沒有去睡覺？

跛子：（口吃地）你……你……沒有去……去睡覺？

瘋漢：我尋我的女兒，我怕她被潮兒婆婆接去！你們可有看見我的女兒？

白汶：爸爸，我在這裡，我好好在這裡，今天的月亮這樣好，潮兒婆婆不會接我去。

瘋漢：你讓我尋得好苦！你知道你可憐的爸爸，只有你這個女兒，要是你被潮兒婆婆接去，我只好跟著你投海去。

牧童：今天的月亮這樣光明，瘋伯伯，你還擔什麼心？

瘋漢：你知道什麼？你看那月亮不是有點模糊？她一定是在天空裡叫苦，所以這嚕囌的潮兒婆婆，她在海裡還要發怒。快不要說了，女兒，跟著我去睡覺。

（瘋漢領著白汶下）

第十二場

〔同上人物。少瘋漢與白汶〕

牧童：小朋友，你們望著什麼？還不快快來尋快樂，讓我去拿鑼鼓，請大家去拿爆竹，今天是祭潮節，我們要盡量作樂。

兒童們：呵，呵，月亮已經到了天心，讓我們去拿鑼鼓爆竹，對著天空儘量高興！

（牧童率兒童們下）

第十三場

〔半啞、駝子、跛子、瞎子〕

駝子：他們去幹什麼？

半啞：（鼻音地）他們去拿鑼鼓爆竹。

駝子：什麼？他們去喝酒吃肉。

瞎子：（大聲地）他們去拿鑼鼓爆竹。

跛子：大家來……來……來……尋……尋快樂。

駝子：等月兒西落，大家喝酒呀吃肉。

瞎子：這時候的月兒呢？

半啞：（鼻音地）剛剛到了天心。

駝子：不錯，剛剛到了天心。

第十四場

〔同上人物。瘋漢同覺岸上，覺岸手裡提一隻燈籠〕

駝子：怎麼，你又來了？

半啞：（鼻音地）你還沒有去睡覺？

跛子：（口吃地）你……你還沒……沒有去……去睡覺？

瞎子：啊，是你，你怎麼還不去睡覺？

瘋漢：我打發了女兒睡覺，我的心放下了半條，到底那大禍飛來，要飛落誰家？

瞎子：你唱的都是不吉利的曲調，我希望你快去睡覺！

瘋漢：我不過出來瞧瞧，碰見了這位過路客，他問我哪裡是露光鄉，我說這裡就是露光鄉，他還打聽我一個姑娘，我說姑娘都在這個稻場，所以我帶他來這裡，讓他自己來瞧月亮。

瞎子：啊，過路先生，你打聽的是哪一個露光鄉。

覺岸：哪一個露光鄉？

跛子：這裡……有……有五……五個露……露光鄉。

覺岸：五個露光鄉？

半啞：（鼻音地）一點不錯，實實在在有五個露光鄉。
覺岸：五個露光鄉！
瞎子：第一個是東露光鄉，一早晨都是太陽；第二個是西露光鄉，夏天裡都是高粱；第三個是南露光鄉，春天裡都是花香；這裡是北露光鄉，夜夜都要有輪好月亮；還有一個中露光鄉，那裡的姑娘們最漂亮。你要尋的是那一個露光鄉？
覺岸：我不知道哪一個露光鄉，但是我要打聽一個姑娘。
瞎子：打聽一個姑娘？那麼這姑娘漂亮不漂亮？
覺岸：那位姑娘有絲一般的頭髮，髮下有前額如初秋的天空，眉像新月，纏綿時像蠶，靈活時候像兩條龍。她鼻子是畫家的難題，像一隻百靈雀在雲霄唱歌，緊接著兩瓣梅瓣，在月光下雪地上婆娑。
瞎子：那也許是這個露光鄉！
跛子：他……他在說……說什麼？
半啞：（鼻音地）他在說那位姑娘。
覺岸：她擷牛郎織女的情愛，充她眼睛裡的光亮，笑是春天的和風，撫摸一群白潔的羔羊。
瞎子：那也許在南露光鄉。
覺岸：世俗的人都勸她醒，天上的仙子可勸她睡，因為她睡時的靈魂，會醒著永生的嬌美。

瞎子：那麼是在天上了？
跛子：（口吃地）他是……是在說……說什麼？
半啞：（鼻音地）他是在做詩吧？我可不懂他的話！
瞎子：你到底是說這個姑娘漂亮不漂亮？
覺岸：這是一個十分美麗的姑娘。
瞎子：那一定是在中露光鄉，你去吧，一定是中露光鄉。
覺岸：往那面走嗎？
半啞：（鼻音地）不錯，不錯，往那面一直走。
瞎子：走盡了那條路，碰到了一根橋，走過了那根橋，分開了四條路。
覺岸：四條路？
半啞：（鼻音地）不錯，不錯。
瘋漢：東面的路特別大，西面的路特別狹，還有那中間的路，你千萬不要走錯，那面有野豬在那裡做窩！
跛子：（口吃地）不……不錯。
半啞：（鼻音地）不錯，不錯。
覺岸：那麼要我走哪一條路呢？

瞎子：另外還有一條路，不大也不狹，不中也不偏，你揀定那條路途，趁著天上有月亮，一直可走到中露光鄉。

覺岸：謝謝你們諸位。

瞎子：再會，再會。

（覺岸下）

第十五場

〔同上人物。少覺岸〕

瘋漢：尋一個姑娘，尋一個姑娘，莫非是潮兒婆婆要女兒，叫這位先生來露光鄉，帶給她一個好姑娘？啊喲喲，大禍要來了，但不知大禍落誰家？

瞎子：我們不要聽你的話，你這狗嘴裡長不出象牙。

跛子：（口吃地）你……你好去睡……睡覺了。

半啞：（鼻音地）你好去睡覺了！

（鑼鼓聲，歌聲，人聲自遠而近）

第十六場

〔同上人物。牧童率兒童及群眾〕

（兒童們群眾們零亂上來，有的敲著鑼，有的打著鼓，有的吹著笙簫……大都提著燈籠，唱著歌。還有人捧著大雞，大肉，大餅，酒壺。有人拿著鞭爆掛在樹上，有人把焰火花筒放在地下，一時點了起來，五光十色，熱鬧非凡。大家手攜手跳舞）

——幕下——

第二幕

景色：白天。

（幕開時工程師自山坡下來，他的女兒緣茵跟著）

第一場

〔工程師、緣茵〕

緣茵：爸爸你打開這個悶葫蘆，到底我是你的女兒，你何必叫我在暗地裡叫苦？

工程師：好女兒，我是你的父親，我也只有你一個女兒，你應當對我相信，我一定顧到你的幸福與前途。

緣茵：但是我的婚事，是關聯著我的愛情，你既然肯顧到我的幸福，那麼更要顧到我的心靈。

工程師：那麼你心裡是否還牽記那個傻孩子，他一肚皮是糊塗，不知道一點點世事。

緣茵：是的，我一直沒有忘記掉他，雖然為你的緣故，我逃開了他的愛，但是我現在願意直說，我無時無刻不在想他，想他為我瘦，為我老，為我在各處流落與潦倒。我永遠相信著他，相信他的愛是一團火，是一塊金，他將在各處各地飄零，訪問，打聽我的下落，蹤跡。為我，他也許更窮更苦，也許病倒在路上，死在旅途，沒有人知道他是為什麼，為名還是為利，還是為一個春夢，但是他只是為我，為我對他一聲笑，一句話，一個遺落在地下的眼波，以及一聲低喟與一句吟哦。

工程師：你真是個傻孩子，相信這些糊塗的癡事；親愛的，你應當知道什麼是科學的精神，知道科學的字典裡，並沒有年輕所幻想的愛情。你知道你母親同我相愛過，結婚過，還養了你這樣美麗的女兒，但是她在你六歲時，被一個什麼詩人勾引，放棄了夫妻與母女的愛情，獨自同那個流氓私奔，從此就剩了我伴著你，度這個悽涼的生命。這是為什麼？親愛的，這是因為我有科學的事業，要為我的工作忙碌，而你的母親有一個淫婦的性欲！現在那個愛你的人，也只是為他個人的私欲，他沒有顧到你的前途與幸福。你想他沒有本領，沒有事業，也沒有金銀。要你跟著他，只是伴他到各地乞食，飄零，餓時不夠飽，寒時不夠暖，你要為他工作為他苦，替他做奴隸的事，為他的窮苦擔心。

緣茵：爸，但是這是為愛，這因為我們是人，我們是上帝的兒女，所以我們願意為愛存在，為愛忙，為愛苦，為愛死去。

工程師：你爸爸已經這樣老了，他懂得更多的人情世故，他懂得什麼是甜，什麼是酸辣，什麼是苦；在這人世上他知道什麼是人，什麼是值得人留戀，什麼是值得人尊敬，什麼是值得我們用生用死去求，什麼是會被世人膜拜、歌頌，什麼是世人永遠看作了光榮。這是錢，親愛的，——錢可以使人瘋，使人快樂，可以使人做你的奴隸，使人做最卑賤的勞役；錢可以使你永遠年輕，永遠美，永遠在人世上，享受那天國的華貴。錢可以改變天時，可以使夏天裡涼，冬天裡暖和，錢還可以使鬼神為你推磨。

緣茵：那麼你的科學呢？

工程師：科學不過是錢的奴隸。
緣茵：但是我的愛，同我的心？
工程師：這也是需要金銀，它可以使你愛長繁榮，心長年輕。我現在告訴你，那個地主的兒子，他擁有這裡所有的漁舟，田地，以及無數無數的貨船，天盡處還有無數無數的事業——工廠，銀行，以及夜夜發亮的珠寶店。為你的幸福快樂，以及我漫漫的老境，所以我要把你嫁給他，享受這人世的繁華，宇宙間的幸福，以及遠超於天堂的快樂，與同燦爛的日月一樣的光明。
緣茵：爸，但是上帝假我以心臟，告訴我的愛才是天堂，我不相信金剛鑽的燦爛，會有日月一樣的光芒！

（張福白騎馬，賬房二人騎驢及農僕五人上）

第二場

〔同上人物。張福白上。賬房二人，一人手捧賬簿，一人手握算盤。農僕甲拿著秤桿、粗棍。農僕乙、丙拿著粗竹棍。農僕丁、戊各拿著一面銅鑼隨上〕

張福白：啊，我偉大的工程師，你早。

工程師：啊，我的少年英俊的朋友，這位就是我的女兒，那位就是張福白先生，他有無比的財富，還有一肚子的學問。

張福白：啊，小姐，讓我先對你致敬。不要聽你父親的客氣，我只是你忠實的奴隸。我是一個青年的孩子，你父親等於我的老師，我敬佩他科學的精神，以及他偉大的計畫，到我們這荒僻的農鄉，來造這個偉大的燈塔，它將賜給我們無比的光明。從此，這裡的船只不會迷途，我們的貨色可以平安地來去，還有這裡無數無數的愚民，不會因為迷途丟性命，會知道我們科學的神明。它夜夜會發出神奇的光，在我們的頭上來往，在黑黝黝的海上，指導上千的船舵桅檣，再不會怕彌天的大浪，也不會再在礁石上亂撞。

工程師：啊，我的朋友，你真是少年英俊，肯籌這麼大資本，來造這個偉大的明燈，為你的船隻與漁夫造福，帶光明給這裡露光村。

張福白：但是這裡的愚民，不懂得什麼是光明，我已經認了半數，他們還不肯付捐，所以我按照他們種的田，按他們用的漁船，來收他們的租捐。

工程師：但是路上的露水很濃，還有那如剪的秋風。你路走得很遠，一定有了點疲倦。請到我們的房裡，喝一杯熱茶，談談我們的私事，再到愚民那裡去收捐。

（工程師一手挽著張福白，一手拉著緣茵上山坡）

張福白：（對賬房先生們）你們先去收捐收租，收好了再來對我細訴，注意秤要拿得穩，賬要收得清，假洋錢不要吃進，還要注意農夫們的穀，太溼了我可要不高興。

（張福白，工程師，緣茵上山坡退）

第三場

〔賬房二人、農僕五人〕

賬房甲：你拿著算盤，我拿著賬簿，賬簿記你盤中的字數，算盤算我記賬的賬簿，你不要糊裡糊塗，我也記得清清楚楚，只要收足賬簿的字數，你我總有點好處。

賬房乙：你手裡是賬簿，我手裡是算盤，你把我仔仔細細記，我把你清清數數算；算得我們口袋飽，算得我們老闆的洋箱滿。

賬房甲：阿三，阿四，快先把鑼打起來，好叫農夫漁夫們回家牆，讓我們去算賬。

（農僕丁、戊敲著鑼下）

第四場

〔同上人物。少農僕丁、戊。瘋漢唱著歌上〕

瘋漢：誰知其中辛，誰知其中苦，誰知黃黃穀，粒粒皆汗珠，誰知點點帆，帆下皆血肉。你收我們租，你吸我們血；我流盡我汗，你吃完我肉；只剩白骨三十斤，斤斤還充你肥料。昨天月亮太糊塗，今天大禍要來了，大禍要來了，大禍要來了，誰知大禍落誰家。啊，你們可看見我女兒？

賬房乙：誰是你的女兒？

瘋漢：我的女兒如雲中黃鶯，有青山般的眉，有秋波般的眼睛，還有虹一般的鼻梁，平分蘋果般的臉龐，於是兩瓣嬌艷的面頰，互賽著玫瑰與芙蓉。但最可寶貴還是她的心，同月亮一樣的光明，她愛她發瘋的父親，遠超過她自己的生命。

賬房甲：那麼你是一個瘋子？

瘋漢：人人說我是瘋子，其實我只是一個傻子，但是我的聰敏的女兒，遠勝你這種只會打算盤的兒子。

賬房乙：只好同牛兒彈琴，莫要同瘋子談心，別再在這裡打混，我們去算賬要緊。

（賬房甲、乙及農僕甲、乙、丙下）

第五場

〔瘋漢〕

瘋漢：岸上有我的女兒，海裡有潮兒婆婆，為昨天的月兒糊塗，我要為我女兒叫苦。哪裡是我的女兒？哪裡是我的女兒？我看今天大禍要來了，你千萬不要糊塗。

第六場

〔瘋漢、牧童、白汶及覺岸上〕

白汶：爸爸，我在這裡，我在這裡陪這個陌生人。他昨夜在這裡問路，到中露光鄉去尋人，但是他空走一趟，說是那個人在這裡居住。

瘋漢：好牧童，你既然愛我的女兒，應當好好照顧，今天第一不許去海邊，第二不許太糊塗；要緊的你要記住，今夜的月兒還要糊塗。

牧童：瘋伯伯，你放心，我有顆忠實的心，還有個勇敢的生命，我遵守你的命令，要日日夜夜跟著她，做她親信的衛兵。

瘋漢：好，這樣很好。我的女兒，現在跟我來，我要告訴你，月兒怎麼會不明，霧兒怎麼會不開，還有天上的星兒，怎麼兩兩三三地往來。

（瘋漢帶著白汶下）

第七場

〔牧童、覺岸〕

牧童：不錯，你要尋的姑娘，就在這燈塔後居住，他父親就是這燈塔的工程師，但是非常驕傲與糊塗，你且等在這裡，讓我為你去叫去。

第八場

〔覺岸〕

覺岸：我不管雲開，我不管日落，只為你笑容的寥落，我在全宇宙裡摸索。你知道自你走後，青山笑我憔悴流水笑我瘦，還有那白雲點點都是愁。有人說我癡，有人說我瘋，但沒有人知道我在大地上流落，是為你允許我的一個夢。鷓鴣說你無情，蟋蟀說你薄倖，但是我不能相信，因為你有一顆神聖的心靈。我不怕山崎嶇，我不怕水遼闊，只要我生命醒時，我要探問你的下落。

第九場

〔覺岸、牧童、緣茵自山坡下來〕

牧童：就是這位可憐的先生，他從遠路來尋你，你看他多麼憔悴，請你不要給他太傷悲。

（牧童下）

第十場

〔覺岸、緣茵〕

覺岸：是你，緣茵，我終於找到了你，我希望這不是幻想，更不是白天裡的春夢，告訴我，親愛的，這不是白天裡的春夢。

緣茵：覺岸，即使是春夢，也請你原諒我，我悄悄的遠走，留給你都是哀愁。

覺岸：那麼請你告訴我，你走不是你的意志，還有你走了以後，永遠對我有一分相思。

緣茵：我知道你都會知道，我為我父親的意志，為他的信仰與事業，為他漫漫的老境，我放棄了自己的愛情。

覺岸：那麼你為什麼不寫信，叫我插翅兒飛到你的身邊，安慰你對我的相思，安慰我對你的癡情。

緣茵：為我年老的父親，我不希望你來看我；因為他只有我一個女兒，不希望我離開他老境。

覺岸：那麼現在你還是不要我來？

緣茵：不，自從昨夜開始，我時時刻刻期望你來，像枯枝期待綠，像頑石期待青苔，像久旱期待雨，像春風期待花開。

覺岸：那麼這是為什麼事？

緣茵：這是為什麼事？這是因為我的父親，在暗下布置，最近要把我嫁給，一個地主的兒子。

（鑼聲，人聲，自遠而近）

第十一場

〔同上人物。賬房甲、乙，農僕五，半啞、駝子、跛子、瞎子上。群眾十來人隨上〕

賬房甲：你們這四個老飯桶，穀倉箱子都空得像野豬洞，那麼只好請你們自己，到我們少爺面前去訴窮。

賬房乙：讓我去告訴少爺，你們在這裡管住。

（賬房乙奔上山坡）

第十二場

〔同上人物。少賬房乙〕

瞎子：這是從來沒有的事情，祭潮時節向我們收意外的捐租。
跛子：（口吃地）有錢的真……真是沒……沒良心，祭潮節逼……逼我們付意外的捐租。
駝子：你造你的燈塔，為什麼要我們捐租？
半啞：對呀，你造你的燈塔，為什麼要我們捐租？把我們的船櫓拔去，我們明年就不能捕魚。
群眾：把我們的穀倉封去，我們今年就要餓肚。這事情我們實在不清楚，為什麼你造燈塔，要我們付租？
覺岸：那麼，你們見了東家，可以大家對他哀訴，說這樣一來你們立刻餓肚，叫他不要向你們捐租。
瞎子：你不知道這位少爺夠多凶，還不出租就要吃官司，要是我們被他拘了去，哭死的是我們的妻子。

覺岸：那，那讓我替你們請求，求他給你們一點恩惠，天下難道有這樣奇事，可以叫你們活活餓死。

第十三場

〔同上人物。賬房乙偕張福白自山坡下來〕

賬房甲：就是這四個老糊塗，穀倉裡沒有一粒穀，所以把他們帶來，聽憑少爺親自發落。
張福白：那麼把他們帶到官廳，辦他們一個賴租的罪名。
覺岸：但是我們所有的佃戶，船戶，都繳不出這個燈塔租。你封去我們一點存穀，扣去我們的桅檣網罟，可是悠悠的歲月都要叫苦。
張福白：什麼，你是誰？敢在這裡嚕囌，快把他一同帶去，帶到官廳裡治罪。
覺岸：我是一個過路客，並不是你的佃戶，假如你要把我治罪，我倒要問你一個清楚。
張福白：我得到官府的批准，為公共幸福，來收這個燈塔租。這是一點沒有錯處。你算是什麼，要在這裡嚕囌？
一部分群眾：可是我們只有網罟，可讓我們捕魚還租。

另一部分群眾：可是我們只有這點存穀，繳了你燈塔租就要餓肚。

張福白：但是我一定要你們還清，因為我已經負擔大部分資本，為你們的光明，為你們捕魚時的安穩，來造這個偉大的明燈，可是你們連這點燈塔租，都不肯還個乾淨。

覺岸：但是你知道，我們並不要這燈塔的光明，我們先要管我們的肚子，同一條性命。

張福白：渾蛋，你算是什麼，批准的是官府，付租的是佃戶與船戶。你這個混蛋，要你在這裡嚕囌！

覺岸：你算是什麼？別人冒著雨，冒著風浪，冒著雪，冒著生命，兩腿浸透著泥濘，太陽曬焦了皮膚，天天在海上工作，夜夜在田裡辛苦，好容易有一點收獲，而你騎著馬來收租。現在還要為你自己的燈塔，勾通了官府，逼人們付你意外的田租船租，你是什麼？你是一個無恥的懶蟲，喝的是佃戶們的血，吃的是漁戶們的肉。

張福白：這是什麼話，夥計們，快先把他來打。

農僕們：打！

群眾：打？

（雙方都停著未打）

張福白：為地方上的幸福，為海灣上的光明，為你們捕魚時生命的安穩，我負擔大部分的資本，來造這個明燈，還有其餘的小數，我有官府的命令，來收這個燈塔租。這裡的船是我的，這裡的田也是我的，這裡的佃戶與船戶，也都是我的。你是哪裡來的外人，敢在這裡嚕蘇。

覺岸：為什麼田是你的，不是屬於種田的農夫，為什麼船是你的，不屬於漁夫？為什麼你生下來就可以白白來收租，教他們整年在田裡海裡吃苦？現在你不管我們死活，還要逼我們繳意外的燈塔租。

張福白：這不是反了嗎？走，賬房、阿三、阿四、阿五，讓我們回去，快叫官兵來保護。

（張福白同賬房上驢馬）

群眾：對呀！為什麼船是你的，不屬於我們捕魚的漁夫？對呀！為什麼田一定是你的，不是屬於我們種田的農夫？為什麼你生下來就可以白白來收租，叫我們整年在田裡海裡吃苦？（張福白，賬房及農僕匆匆下）為什麼你可以白白來收租，叫我們整年在田裡海裡吃苦！

——幕在歌聲中下——

第三幕

景色：現在又是夜。遠處有隱約的犬吠，近處有悽切的蟋蟀鳴聲，時而可以聽到一兩聲樹上的夜鳥慘啼。台上黝黑得看不見有人，但忽然，我們聽到了稻場深處有人在嘆息。

第一場

〔瞎子、駝子、跛子、半啞〕

瞎子：唉！

駝子：唉！

跛子：唉！

半啞：唉！

〔原來人類嘆息的聲音都是一樣的——即使是聾啞與盲跛……所以我們並不能知道是誰。嘆息過後，是死沉沉的寂靜，寂靜中是隱約的犬吠，悽切的蟲鳴，還有偶爾的鳥啼。於是一個朦朧的月兒出來了。我們看見有四個人坐在稻場深處）

半啞：（站起來鼻音地呼出）月兒出來了！

跛子：（站起來口吃地）月……月兒出來了！

瞎子：（站起來）月兒出來了！？

駝子：（站起來）月兒出來了！！

跛子：（口吃地）怎麼……王……王小哥還……還不回……回來呢？

半啞：月亮已經那麼高，他不回來怎麼好？

瞎子：要是他再不同來，一定也被捉進監牢。

駝子：唉！我們這份窮苦命，苦了自己還要害人，我不明白這是什麼道理，為什麼他們無緣無故，要捉這個陌生的客人。

（駝子哭泣）

半啞：你哭有什麼用，人家捉去我們朋友，我們第一要想個辦法，保出他的自由。

駝子：我第一想我們可憐，第二我總覺得對人不起，我們還不出人租，別人為我們訴苦。別人對我們這樣好，但是他反替我們去坐牢。（又哭泣）

瞎子：你千萬不要哭，哭起來叫人心煩，我們要安靜地想個法子，總要先把他救出牢監。

（緣茵自山坡奔下）

第二場

〔同上人物。緣茵〕

緣茵：自從你被捉去，我滿心都是憂懼，月亮已經出來，我想牧童應當歸來。啊，你們這四個人倒好，安靜地守著稻場，別人在為你們坐牢，你們倒在這裡看月亮。

瞎子：緣茵姑娘，我們不瞞你說，我們比你還要痛心，只要可以救這個陌生的好人，你儘管說，我們可以不要性命。

半啞：只要可以救這個陌生的好人，我們可以不要性命！

駝子：自然，只要可以救出這陌生的好人。我們可以不要性命。

跛子：（口吃地）對……對……對，我們可以不要性命！
緣茵：那牧童去探聽消息，現在有沒有回來？
瞎子：我們正在這裡等待，等待那牧童回來，要是真的官廳治他罪名，我們要同官廳拚命。

（一個燈籠在遠處隱隱約約地近來）

駝子：（口吃地）牧童回……回來了！
瞎子：牧童回來了？
跛子，半啞：（口吃地鼻音地）啊，是牧童回來了！
緣茵：王……王小哥，王……王小哥，你怎麼回來這麼晚？我們的腸快等斷，我們的心兒快等爛。

（緣茵迎上去。但是走近來的不是牧童，而是瘋漢）

第三場

〔同上人物。瘋漢〕

瘋漢：誰引得狗兒哈哈笑？誰逗得牛兒角亂搖？誰引得蟋蟀不斷叫？誰逗得雞鴨在籠裡跳？——
那是二十個有槍的兵丁，捉一個陌生的孩子過露光橋。

瞎子：原來是你！

駝子：是你？！

跛子：（口吃地）是你！

半啞：（鼻音地）是你！！

緣茵：瘋伯伯！我們在這裡焦急，等待那牧童回來，你有什麼消息？你給我們什麼好消息？

瘋漢：我知道月亮模糊，我知道世事糊塗，我還知道潮兒發怒！我知道蚯蚓翻土，我知道雁兒吹霧，我還知道蟋蟀嘀嘟！一切一切我都知道，但是我有一點糊塗，因為如今醬油裡都是醋，我辨不出是酸呀是苦。

瞎子：我們不要你胡說八道，我們只問你知道不知道：你牧童打聽來的消息到底是壞是好？

瘋漢：隔河的狗兒汪汪叫，樹上的鴟鴞瞇瞇笑，我知道大禍要來了，我知道大禍要來了，但不知道大禍落誰家。啊喲，哪裡是我的女兒？哪裡是我的女兒？你們這幾位早在這裡，可有看見我美麗的女兒？

（白汶上）

第四場

〔同上人物。白汶〕

白汶：爸爸，爸爸，我在這裡。

瘋漢：我半天沒有看見你，深更半夜你倒是去哪裡？

白汶：牧童在城裡打聽消息，到現在還未回來，所以我心裡非常焦急，在露光橋邊等待。

瘋漢：他去打聽什麼消息？

白汶：你難道還不知道，這個陌生的先生，上午為替我們訴苦，同老闆有了爭論。於是下午就來了一群巡警，捉去了那位陌生的先生，我們不知道他犯了什麼罪，更不知道他是死還是生。所以我們打發牧童，到城裡去打聽，打聽他到底是什麼罪，好讓我們去爭論。

瘋漢：世上有罪三萬種，最大的罪就是窮，但是天堂只有一種罪，不許世上人太美。我親愛的女兒，我要你快去安睡，因為大禍要降到人世，最美的人兒怕要受累。我親愛的女兒，快聽我的話去安睡，我為你來等牧童，他也許到天亮才能歸。

白汶：爸爸，但是他已經回來了。

綠茵：他已經回來了？

瞎子：他已經回來了？！

跛子：（口吃地）他……他……他已經回來了！

半啞：（鼻音地）他已經回來了？

駝子：什麼？什麼？

瞎子：牧童已經回來了。

駝子：牧童已經回來了？

白汶：是的，他已經回來了，但是他一到露光橋，許多農民圍著他，在問他許多話。

瘋漢：他既然已經回來了，那麼你快去安睡，因為大禍要來了，美麗的人兒怕要受累。

（瘋漢拉著白汶下）

第五場

〔同上人物。少瘋漢與白汶〕

緣茵：那麼去，我們去找他去。

瞎子：去，去，我們去找他去。
跛子：（口吃地）去……去……去。
半啞：（拉駝子）去，去，去。
（大家正要去找牧童時，牧童已經上來了）

第六場

〔同上人物。牧童〕

跛子：王小哥，王……王小哥，你……你好容易回來了。
瞎子、駝子、緣茵、半啞：王小哥，王小哥，你好容易回來了，我們等得你腸斷，我們等得你心焦。
緣茵：他現在是不是還平安？到底他犯的是什麼罪？
牧童：他們說他是故意來到露光鄉，煽動農民不還租，還說他帶著手槍，指揮農民打地主。現在他在縣裡，據說還沒有什麼要緊。明天就要解到別處，有人說也許會丟了性命。

瞎子：那麼，快，我的朋友，讓我們叫全村的人去保，我們先去衙門裡跪求，要是真的沒有辦法，我願意替他受罪。

半啞：要是真的沒有辦法，我也願意替他受罪。

跛子：（口吃地）我……我……也願意……

駝子：頂這個罪。

緣茵：去，去，我們大家去保，要是他們不肯，我們只好去鬧。

瞎子、半啞、跛子、駝子：走，走。

（正在這時候，一道光從天空掃到了稻場。那是燈塔已經完成的消息）

（從此時起，一直到幕終，燈塔的光有規律的時時照到天空與稻場）

半啞：（鼻音地）喲！這是什麼光？

跛子：（口吃地）這……這是什……什麼光？

駝子：啊，奇怪，這是什麼光呀！

瞎子：什麼，光？

緣茵：這就是燈塔上的明燈，是我父親的工作已經完成，但大家且不要管這些，我們要先救那位坐牢的先生。

（但是工程師這時從山坡上下來）

第七場

〔同上人物。工程師〕

工程師：（在坡上燈塔邊）啊，現在好了，你看，這裡四面都是光明，我是這光明裡的神明。在這荒僻的窮鄉，我創造這光，正如上帝在天上，創造了太陽。它投到黑黝黝的海洋，叫船隻不再踉蹌，不再遇到了一點風浪，就把不住自己的方向。（他開始走下來）它投到這黑黝黝的露光鄉，叫所有愚蠢的人民，享受這燈塔的光明，不再迷信這天邊的月亮。潮來的時候不再驚慌，黑暗的夜裡不再倉皇，從此露光鄉的人民，要永遠崇拜我所創造的燈光。啊，我的女兒，你看，你看，我完成這偉大的光亮，這光明盤旋在全鄉的頭上，它遠比星星輝煌，要同日月爭光。現在我是多麼光榮，在這角天地上，我是帶著皇冠的英雄，即使我現在死去，那光明也永遠盤旋在天上，那裡面永生著我名譽與光榮，還有我不死的靈魂。

瞎子：不要為這虛偽的光明，忘記了我們朋友的生命。走，走，去，去。

半啞：（鼻音地）去，去。

駝子：去，去。

跛子：（口吃地）去。

緣茵：爸爸，我要同他們一同去。

工程師：一同到哪裡去，這樣晚？你知道我今天的高興，今晚上難道你不肯陪你父親？快跟我到坡上看看，看那偉大的光芒，怎麼樣投到海上，怎麼樣照透那裡每一陣風，每一個呼聲同每一個波浪。

緣茵：但是……

瞎子：緣茵姑娘，你不去也好，因為全村的男人已經不少。而且月光並不十分清楚，泥路上都是夜露。還有你是一個年輕的姑娘，這條路對你或者太長。我看你還是等在這裡，等我們去了回來，就可以把詳細消息告訴你。（對跛子們）走，朋友，讓我們叫全鄉的人民，一同到官府去請求。

緣茵：那麼希望你們快去快來，我們在這裡等待。像枯枝期待綠，像頑石期待青苔，像久旱期待雨，像春風期待花開。

（瞎子、半啞、駝子、跛子、牧童下）

（緣茵與工程師上山坡退，瘋漢上）

第八場

〔瘋漢〕

瘋漢：隔河犬兒汪汪叫，樹上鴟鴞瞇瞇笑，烏龜王八溝裡啼，跳蚤虱子滿床跳，大禍要來了，大禍要來了，我叫我女兒去睡覺，我可要在月下四面瞧，因為我知道大禍要來了，但不知大禍落誰家。

（瘋漢坐地上。兒童十餘人沉默嚴肅低著頭上）

第九場

〔瘋漢，兒童們〕

瘋漢：（數上來的兒童）一個，兩個，三個，四個，五個，六個，七個，八個。一個兩個，捕魚把舵；三個四個，喂鴨養鵝；五個六個，趕水拉磨；七個八個，受凍挨餓！受凍挨餓，人生幾何？

兒童甲：瘋伯伯，你一個人沒有去？

瘋漢：你叫我上哪裡去？

兒童乙：他們都到官廳去，只有孩子不許去。

兒童甲：昨天你說有大禍，今天果然出了錯，但是他們說我們小孩子，不必去管這些事。所以我們肚裡悶，心裡苦，怎麼也打不破這個悶葫蘆。

兒童丙：我想你一定什麼都知道，瘋伯伯，那麼你告訴我們好不好？

瘋漢：我知道月亮模糊，我知道世事糊塗，我還知道潮兒發怒。我知道蚯蚓翻土，我知道雁兒吹霧，我還知道蟋蟀嘀嘟。一切一切我都知道，但是我有一點糊塗，因為如今醬油瓶裡都是醋，我辨不出是酸呀是苦。

兒童甲：（問兒童乙）這些話你可懂？
兒童乙：不懂，不懂。（問兒童丙）這些話你可懂？
兒童丙：我一點也聽不懂。
瘋漢：不懂，不懂是最好，懂了以後是煩惱，人生是黑芝麻和著鴉片膏，騙你長大，又騙你老。
兒童甲：瘋伯伯，我們都是小孩子，不知道什麼人事，所以希望你說個清楚，不要這樣糊裡糊塗。
瘋漢：我不要你們懂人事，因為人事裡都是痛苦，你們都是小孩子，我希望你們聽一個故事。
兒童丁：聽故事，聽故事。
兒童丙、戊、己、庚：我們快來聽故事。
瘋漢：（講故事）從前有一群兒童，在深山樹林裡遊戲，他們從黃昏時候玩起，直玩到月兒上山峰。那時候月色正朦朧，山谷裡也沒有微風，大地是無限的悽迷，只有星星嵌遍了天空。那群孩子採足了野花，還吃飽了山果，他們已經有點疲倦，所以躺在草地上唱歌。這時山谷裡來了一隻老虎，它餓得不能走路，一看見這一群兒童，他興奮得要一口吞下肚。但是這一群兒童正在歌唱，老虎決定在旁邊靜等，等他們唱完了歌曲，再把他們一個個來吞。可是這一群兒童，一個唱完了一個唱，唱他們家裡的貧窮，唱他們自己的苦忙。這樣一直唱到天亮，老虎聽聽也實在悽涼，天亮時老虎揮了一把淚，餓著肚獨自回洞安睡。所以你們這些窮孩子，不必管大人們的事，你們有工夫儘管玩，有快樂儘管笑，有痛苦儘管說，有舞蹈儘管跳，那麼哪怕是老虎豺狼，也會有良心讓你歌唱。

兒童丁：那麼讓我們歌唱，歌唱到天色發光；那麼哪怕那官廳是虎狼，也不會把我們父老吃光。

兒童丙：我是一個窮孩子，癩痢頭長到了臉皮，從小爺娘都死光，跟著我的師父在船裡，半生在海天裡漂蕩。

兒童庚：寫字記賬未學過，生意買賣不會做，吹笛跳舞還唱歌，我是一個種田貨。

兒童戊：我從小吃鹽不吃糖，八歲時候學結網，十二歲時候我在船上幫人忙，如今我有十六歲，年年要去冒風浪。

兒童己：種菜種稻種水果，捕魚捉蟹摸田螺，拉著牛繩去趕水，搖著小船趕鴨又趕鵝。

（緣茵自山坡下來）

第十場

〔同上人物。緣茵〕

兒童甲：緣茵姑娘，緣茵姑娘！
兒童們：緣茵姑娘，緣茵姑娘！

（兒童們圍著緣茵舞蹈）

緣茵：今天村裡出了事情，你們還有什麼心境，在這半夜裡這樣高興。
兒童們：今天燈塔裡發出可怕的光亮，有人說光明要到露光鄉，有人說災禍要到露光鄉，但是我們不知道什麼花樣，所以要問我們聰敏的姑娘。
瘋漢：昨宵上半夜無月亮，東鄉遇到鬼打牆，今宵燈塔上有新花樣，下半夜怕要沒有月亮。
緣茵：小朋友，小朋友，今天我的心裡都是愁。所以不能伴你們歌唱，請你們快讓我走，我要到海邊採月光。

（兒童們散開，聽瘋漢說話）

瘋漢：野狗夜哭，孤雁獨宿，月兒模糊，潮兒發怒。人世有罪三萬種，最大的罪就是窮，天上只有一種罪，妒忌人們誰最美。我勸你不要去海邊，因為一失足千古難挽回。

緣茵：但是你不知道我胸中愁，你不知道我心頭苦。
瘋漢：你有愁請同我說，你有苦請對我訴。（兒童們坐地下）
緣茵：今天那位青年被捕，就因為是我的緣故。
瘋漢：怎麼說是你的緣故？
緣茵：父親知道他是我的愛人，但是他要我嫁給那個地主，所以今天下午，他們暗下擺布，借了今天那位青年的爭論，給了他一個罪名來捕，如今天一亮就要把我嫁給地主。
瘋漢：貓在櫥下念拳經，狗對著天空呻吟，這是什麼話，什麼話？兩個人也許會只有一條命，但是一個人哪有兩條命？（對兒童們）你們如果愛緣茵姑娘，請你們大家起來，他們到城裡請求官廳，讓我們去請求他父親。他們求官廳放出那位好先生，我們求工程師取消那段壞婚姻。（兒童們起立）燈光在那裡發瘋，月亮在那裡模糊，魚兒在海底做夢，潮兒在海面發怒；富人在燈下歡呼，窮人在月下叫苦，如今醬油瓶裡都是醋，世上還有老糊塗。（他唱著往山坡走。兒童們後面跟著）小朋友，小朋友，讓我們跪著請求，請求這位做父親的清醒，取消這段無理的婚姻。
兒童們：小朋友，小朋友，讓我們去跪著請求，請求那位父親清醒，取消那段壞婚姻。
（他們都上坡去了）

第十一場

〔緣茵〕

緣茵：當風掀起了大地的野幔，骷髏的眼淚化作了露珠彌漫，什麼點綴著人世的變幻，一聲啼，一聲歡笑，一聲長嘆。塵世裡不光是一片草地，一座高山，還有那綠鬱鬱的水在泛濫，那何必稀奇天色不夠蔚藍，掩蓋著紅黑的雲兒千千萬萬。莫戀童年的笑容天真爛漫，莫迷少年時的幻想花花斑斑，更難信青年時夢中的情談，還有老年時清茶濁酒的一杯一盞。廟裡金身的神像尚要斑斕，那何怪愁來時面容的瘦減，古來有多少人在淨土裡掩埋，可是赤嬰們還迷戀人世的搖籃。風梳著平靜的夜晚，我怪那灰色的天空月兒太淡，是妖魔幻化成那些星眼，死盯著人世間亂翻。（緣茵一面走下，一面唱）後面是重重高山，前面是海水漫漫，哪裡是我的歸途？——月兒升處，太陽沒處，星兒散處！（緣茵下。但歌聲還在重複著）後面是重重高山，前面是海水漫漫，哪裡是我的歸途？——月兒升處，太陽沒處，星兒散處！

第十二場

（鴟鴞兩三隻從樹上飛下來）

鴟鴞：嗚嗚呼，嗚嗚呼呼，嗚嗚呼，嗚呼嗚呼，嗚呼嗚嗚嗚呼呼，——嗚嗚呼呼，呼呼嗚嗚，嗚呼嗚呼！

（遠處狗吠聲，近處蟋蟀吟聲皆隱約可聞）

（瘋漢與兒童們從山坡下來，鴟鴞飛去）

第十三場

〔瘋漢及兒童們〕

瘋漢：（從山坡上唱下來）這不關我瘋子事，也不關那些孩子，但是這關聯著地理，這關聯著天時，這還關聯人生人死。月兒模糊，潮兒發怒，老年人頑固，青年人糊塗。

（遠處一串燈籠光近來，歌聲隱約可聞）

歌聲：露珠點點，在草上發亮；花兒朵朵，在樹上發香；雞兒鴨兒，散在稻場；山高水長，有牛有羊；人兒人兒，萬壽無疆。

（月亮這時陰下去，但燈塔總時時有光照到稻場）

兒童們：他們回來了，他們回來了。

瘋漢：他們回來了，月兒陰下了，大禍要來了，我知道大禍落誰家。

（村男們同覺岸上）

第十四場

〔同上人物。覺岸、牧童及其他村男們〕

村男們：露珠點點，在草上發亮；花兒朵朵，在樹上發香；雞兒鴨兒，散在稻場；山高水長，有牛有羊；人兒人兒，萬壽無疆。

（一群村婦村女從四面走攏來）

第十五場

〔同上人物。及一群村婦、村女〕

村女們：（唱和著上）露珠點點，在草上發亮；花兒朵朵，在樹上發香；雞兒鴨兒，散在稻場；山高水長，有牛有羊；人兒人兒，萬壽無疆。

白汶：你們已經回來了，事情到底怎麼樣？

牧童：我們到官廳請求，立刻救出了我們朋友；我們的朋友又為我們說情，官廳又答應我們，將燈塔租減輕。

村男們：官廳答應了我們，將燈塔租減輕。

兒童們：祭潮節，祭潮節，祭潮的時節真快樂，牛也不必牽，羊也不必牧，穿紅又穿綠，吃魚又吃肉，你把燈兒點，我把鑼鼓敲，一年有四季，四季都忙碌，只有祭潮節，我們真快樂。

村女們：讓我去燙酒，讓我去備菜，你從遠處歸來，我在這裡苦待，快讓我們回到家裡，謝天謝地，好好快樂這一夜。

（村女們各挽著她們家人）

村男及村女們：（大家唱著下）露珠點點，在草上發亮；花兒朵朵，在樹上發香；雞兒鴨兒，散在稻場；山高水長，有牛有羊；人兒人兒，萬壽無疆。

兒童們：（唱著隨下）月兒圓，花兒好，麥兒肥，稻兒高，魚兒多，風兒少，牛兒羊兒日日長，人兒人兒長生不老。

第十六場

〔覺岸、瘋漢〕

瘋漢：隔河狗兒汪汪叫，樹上鴟鴞睒睒笑，烏龜王八沿溝啼，雞兒鴨兒滿籠跳。如今月兒陰下了，我怕大禍要來了，要問大禍落誰家，白雲深處是歸鴉。

覺岸：你一直待在這裡，可知道緣茵姑娘在哪裡？她一定期待我歸來，為什麼她會沒有下來？

瘋漢：你問緣茵姑娘麼？（忽然哭泣起來）啊喲，這事情怎麼好，我的緣茵姑娘啊！你難道真的投海了？

覺岸：投海了？投海了？你說什麼話？請你告訴我，你到底什麼時候，碰見過她？

瘋漢：一個時辰以前，她從山坡下來，眉心間沒有光彩，眼睛裡都是悲哀，她告訴我她胸中愁，她告訴我她心頭苦，她還告訴我她的父親，明天要把她嫁給地主。

覺岸：她告訴你她的父親，明天要把她嫁給地主？

瘋漢：這樣我帶了愛她的兒童，到山坡上去看她父親，向她父親請求，取消了那段婚姻。

覺岸：那麼她父親怎麼樣？

瘋漢：他父親一腦子是頑固，一肚子是糊塗，他不知道月兒模糊，他不知道潮兒發怒，他只知道醬油瓶裡放醋，把人奶去喂死豬。

覺岸：那麼以後怎麼樣？

瘋漢：以後我們從山坡下來，就沒有看見她在，這位姑娘有點過分美，我怕她會去投海。

覺岸：她就是要去投海，也當等我回來！

瘋漢：但是誰也想不到你今天可以回來！

（遲緩的鑼聲傳來。牧童、白汶上）

第十七場

〔覺岸、瘋漢、牧童、白汶〕

白汶：（喘氣地啜泣著）……

牧童：（喘氣地）原來你是在這裡，你知道緣茵姑娘，她已經躺在礁石上，一點也沒有聲響。

覺岸：什麼？你說的是什麼？

牧童：我們在海邊探看月光，月色非常朦朧；只有燈塔的光芒，頑強地耀射在海上。它照著海岸的細砂，照著嶙峋的礁石，還照著黑黝黝的風浪。風浪中沒有船隻，海岸上沒有別人，但是竟有一個慘澹的死屍，腳插在巖石縫裡，頭浸在水中，隨著風浪浮蕩。

白汶：（啜泣著）我們走近去看，才知道是緣茵姑娘，於是我們把她抱到海邊，狂奔到這裡。

覺岸：（不知所措）真的麼，真的麼？這叫我怎麼好？這叫我怎麼好？（大慟）啊喲，我的緣茵呀！

（鑼聲近來。瞎子敲著鑼唱著上來，聲音顫抖悽涼，每一句畢，敲鑼一響。群眾來人，各手執火把，默默地隨在後面）

第十八場

（同上人物。瞎子、群眾）

瞎子：有人報告緣茵姑娘投海，她屍身現在海邊，愛她的人們呀，快來，讓我們同到那面；迎她的屍身回來，順著歸途祈禱，祈禱她靈魂早升天。

（又有男女群眾多人，提著燈籠從四面追上來，與其他群眾低聲詢談，隨著瞎子下去，牧童，白汶也隨下。只有瘋子坐在場邊，覺岸頭埋在手裡，愣著立在樹邊）

第十九場

〔瘋漢、覺岸〕

瘋漢：（他一直癡坐在那邊，這時候看大家下去了。他才緩緩的嘆出一口氣）唉！

（工程師從山坡嚷著下來）

第二十場

〔瘋漢、覺岸、工程師〕

工程師：緣茵，緣茵，時候已經不早，你為什麼不來睡覺，又同這群愚民喧鬧？

瘋子：死的人死得太爽，走的人走得太光，死也忙來活也忙，人生是一個疤，也是一個瘡！

工程師：啊，只有你一個瘋子在這裡，你可看見我的女兒，這許多工夫在哪裡？

瘋漢：從此大地是她的眠床，青天是她的被，還有燦爛的雲霞，是她的衣裳。微風是她的輕步，海潮是她的嘆息，太陽是她的冠冕，星星是她的裝飾。但是她心頭的痛苦，如千山萬山的泥土，還有是她遭過的悽楚，如千里萬里的路途。

工程師：你說的是什麼？

瘋漢：一個人只能死一次，兩個人於是死兩次，要是第三個人也是死，那麼一共要死三次。

工程師：我向你打聽女兒下落，你說的是什麼？

瘋漢：野狗夜哭，孤雁獨宿；月兒模糊，潮兒發怒。問你的女兒的下落，可看潮兒起伏，還有石巖嶙峋裡，日兒升落。

工程師：你說我女兒投海了？

瘋漢：是的，她投海了。

工程師：啊喲，緣茵！是誰害了你？是那新來的人？是這個瘋子？還是瞎子、聾子、跛子、駝子？或者是……

瘋漢：是野狗夜哭，是孤雁獨宿，是月兒模糊，是潮兒發怒。但是害他的人兒，則是你這個老糊塗，在醬油瓶裡加醋。

工程師：啊喲，我的女兒，我的獨養女兒，來，來，你們誰有良心，快來，快來，快來救命，敲起你們的鑼，召集全村的人民，點起全村的火把，駕起你們的漁船，為我到海裡，順著燈塔上的光明，去救我女兒的性命。啊，你們不來，你們真沒有良心，但是，快來，快來，這裡是關係我女兒的性命，你們快來，快來，讓我給你們金銀，金銀，金銀，黃黃的金，白白的銀，只要你們來，來，點起你們燈，駕起你們船，拼著你們命，去救我女兒的性命。啊喲，我只有這個女兒，這是我的獨養女兒。哪裡有人呢？你們難道不要金銀……人呀！救命呀！來拿金銀呀！

（悼歌聲從遠處傳來，隱約可聞，漸漸清楚。在這個時間裡舞台上瘋子與工程師傾聽著，空氣漸漸靜肅莊嚴起來）

悼歌：昊天蒼蒼，大海茫茫，中有女郎，駕著雲，踏著浪，御著風，攀著月光，離這喧囂的塵世，直升到天堂。天堂上有一顆太陽，天堂上還有顆月亮，在我們的露光鄉，曾住過這位姑娘。她愛每一個人每一根禾稻，她還愛我們的雞鴨與牛羊，她愛海上的波濤，還愛天邊的月亮。她有神所不能比擬的智慧，她有世上難覓的聰敏，她有月光所不能形容的嬌美，她有天國少有的光明。不論老幼，男女，貧賤與富貴，會見過她的都讚她的美，別開了她都想念她的恩惠，她心中只有愛，沒有罪。如今她忽然消逝，像太陽與月亮的西落，大地為她舉喪，海潮為她哀哭。她為愛來，又為愛去，悄悄地渡過這露光鄉。她像一顆明星，發揮她自己的光亮。她帶走了我們的罪，留給我們的都是美，她去時沒有說一聲再會，所以我們的心上都是悲。她將自己的身體投海，將靈魂還給天堂，但那份彌漫著宇宙的情感，也深植在我們的心上。昊天蒼蒼，大海茫茫，中有女郎，駕著雲，踏著浪，御著風，攀著月光，離這喧囂的塵世，直升到天堂。

（最後一節，群眾魚貫唱著上來，先是數人或執鑼，或拿火把，繼以兩人扛繩床，載緣茵死屍，最後又是許多執火把拿燈籠的人群）

第二十一場

〔同上人物。群眾及緣茵死屍〕

（緣茵死屍被放在舞台中間，群眾環立）

工程師：（俯看緣茵）啊喲，天哪，我的女兒啊！是你，果然是你呵！

覺岸：（俯視著，掩面啜泣）……

群眾：昊天蒼蒼，大海茫茫，中有女郎，駕著雲，踏著浪，御著風，攀著月光，離這囂囂的塵世，直升到天上。天上有顆太陽，天上還有顆月亮，在我們的露光鄉，曾住過這位姑娘。

她愛每一個人每一根禾稻，她還愛我們的雞鴨與牛羊，她愛海上的波濤，還愛天邊的月亮。她有神所不能比擬的智慧，她有世上難覓的聰敏，她有月光所不能形容的嬌美，她有天國少有的光明。不論老幼男女貧賤富貴，會見過她的都讚她的美，別開了她都想念她的恩惠，它心中只有愛，沒有罪。如今她忽然消逝，像太陽與月亮的西落，大地為她舉喪，海潮為她哀哭。她為愛來，又為愛去，悄悄地渡過這露光鄉，她像一顆輝煌的明星，發揮她自己的光亮。她帶走了我們的罪，留給我們的都是美，她去時沒有說一聲再會，所以我們心上都是悲。她將自己的身體投海，將靈魂還給天堂，但那份彌漫著宇宙的情感，也深植在我們的心上。昊天蒼蒼，大海茫茫，中有女郎，駕著雲，踏著浪，御著風，攀著月光；離這喧囂的塵世，直升到天堂。

覺岸：（一面走上山坡，一面應和著）昊天蒼蒼，大海茫茫，中有女郎，駕著雲，踏著浪，御著風，攀著月光，離這喧囂的塵世，直升到天堂。（稍停）野狗夜哭，孤雁獨宿，生者嘆息，死者落寞。知我者謂我心憂，不知我者謂我何求，君登西天，我赴東流。（群眾齊注意山坡上的覺岸）月兒發著暈，為她醉呢，還是為風不斷地吹？那秋葉都化作了霧，野綠都幻成了水。是你在海裡安睡，叫我化作了雲塊，與煙霧月光擁作一堆，伴星星在你四周亂飛。是塔燈與月光相撞，剎那間我們粉碎，我頓化作了一瓣新霜，孤零地在空中飄蕩，下墜，變成了一滴水。

（覺岸從山坡高岩上下跳，燈塔的光正照著他）

工程師：啊喲！他……

群眾：啊喲！他跳下去了。

（群眾紛紛奔上坡去）

瘋漢：昊天蒼蒼，大海茫茫，東邊太陽，西邊月亮，中有燈塔兮，照耀露光鄉。月兒模糊，潮兒發怒，老年人頑固，少年人糊塗；有男有女兮，在自然中怨悶，在文明裡嘆苦。昊天蒼蒼，大海茫茫，燈光月光，潮兒發狂，誰駕著雲？誰踏著浪？誰御著風？誰攀著月光？男女一對，情人一雙，魔鬼天神，地獄天堂。

——幕下——

尾幕

第一場

〔妖婆甲、乙、丙、丁〕

景色：月亮懸在天中，燈塔有光照射四方，夜烏樹上呼，狗兒遠處吠，蛙兒滿野啼，蟋蟀到處聲唧唧，夜色依舊是悽涼。幕開前就有笑聲隱約可聞。幕開即可看見四位妖婆在台上大笑。

妖婆甲、乙、丙、丁：吱吱吱吱……呵呵呵呵……嗨嗨嗨嗨……哈哈哈哈……

妖婆甲：月亮懸在天上，燈塔照射四方，現在我們看得清清楚楚，人世間是一塌糊塗。

妖婆乙：燈塔是人類的文明，月亮是自然的光明，床下是人類的聰敏，床上是自然的定命。

妖婆丙：月光照著四方，燈塔射在海上，四方的人群瘋狂，大海的上面都是風浪。

妖婆乙：我有一條破褲，縫著一塊破布，聰敏的搶我破褲，愚笨的扯我破布，你看他們多麼糊塗，扯破了大家叫苦！

妖婆甲：別人的網裡有大魚小魚，我的網裡只有癡男怨女；年輕的雖要捉大魚小魚，年老的可要殺癡男怨女，我收了網歸去，留給他們滿腹憂慮。

妖婆丙：我敲著一面破鑼，藏著一隻破鍋，打破這面破鑼，想補那隻破鍋。我送無錢的一隻破鍋，偏偏有錢的要搶我的破鑼。這樣搶來搶去，拾得兩樣都破。

妖婆丁：我有一點星星火，在人世間亂照，照出他們無事忙，照出他們無事煩惱，照出他們滿街闖，照出他們個個老，照出有錢的瘋狂，照出無錢的潦倒，照出老年人頑固，青年人糊塗，還照出聰敏反被聰敏誤，多情都受多情苦。

妖婆乙：你照得清清楚楚，人世間一場糊塗，讓我們盡興跳舞，人生難得是糊塗。

（妖婆乙拉妖婆甲、丙、丁跳舞）

妖婆甲、乙、丙、丁：月亮懸在天上，燈光照在四方，讓我們再哈哈大笑，笑完了好去睡覺。

妖婆甲、乙、丙、丁：吱吱吱吱……哈哈哈哈……呵呵呵呵……嗨嗨嗨嗨……

妖婆甲：一年過去又一年，一戲完了又一戲，聰敏的在床上安眠，只有瘋子在看糊塗戲。所以我要收著網兒回去，躺在床上打呵欠。

（妖婆甲下）

第二場

〔妖婆乙、丙、丁〕

婆乙：我們看人世間多情苦，自己也在人間嚕囌，那麼我為什麼不回去，倒在床上打呼嚕？

（妖婆乙下）

第三場

〔妖婆丙、丁〕

妖婆丙：我來時敲著鑼，去時我也敲著鑼，人間有戲萬萬種，戲完時節進墳墓！世上既有不完的戲，哪裡還有不破的飯鍋？所以我要敲碎我的破鑼。去補我家裡的破鍋！

（妖婆丙敲著鑼下）

第四場

〔妖婆丁〕

妖婆丁：但是我還有一點火，永遠燒著你的心窩，叫你心頭熱，叫你身上香，叫你骨髓裡絲絲發癢，叫你白天為名為利苦，夜裡想男想女忙；叫你養牛養豬又養羊，為兒為女為爹娘。可是現在我要照你回去，看看今夜的月色多麼悽涼，但明天還有更悽涼的太陽！

（妖婆丁下）

（舞台空著，月亮暈著；燈塔的光，不時照著。還有夜鳥樹上叫，狗兒遠處吠，蛙兒滿野啼，蟋蟀到處聲唧唧）

——幕下——

一九四〇年二月三日駢稿。

鵲橋的想像

前言

音樂與文藝的起源可以說是同一個本源，後來才發展到兩個完全獨立的藝術。可是歌劇這個形式，則始終維持著音樂與文藝密切的聯繫。

中國有不少的戲種，每一戲種幾乎都是有歌有劇。甚至京戲還被稱為中國歌劇，但與西洋的歌劇以及輕歌劇完全是兩回事。

我們想試作的歌劇是西洋的歌劇，但奇怪的是我們還是要有民族的趣味。所謂民族的趣味，就是要有中國的味道。這一點，不但守舊的人們往往不能了解，就是維新的人也覺得有點奇怪。從理論上說明這種態度，我在文藝論文中曾經提到過，重述起來也太費篇幅。這裡只要舉個例，也許更容易明白。我們不妨說，正如電影是西洋的形式，我們製片則仍是要求有中國話與中國趣味的片子一樣。當日本味的名片在國際影片爭取了一定的地位，我們相信所謂中國味的電影自然是成立的。我們說中國味的歌劇也正是如此。

歌劇，實際上是屬於音樂範疇的東西，可是歌劇的創作則先要一個劇與歌詞，因此竟輪到我先來動筆。

歌劇當然不是詩劇，因此歌劇中的歌詞並不是詩。以前我們有「曲」，曲其實就是歌，只是有固定的調子，寫曲的人是遵循曲調來填寫的。所以這個寫法，同我們現在寫法剛剛相反，現在則是由我先寫歌詞，再由作曲家來作曲。雖然我寫歌詞時也顧到作曲的困難，在作曲家作曲時，還是隨時可以為其修訂。

從《鵲橋的想像》這個題目，自然大家會知道是牛郎織女的故事，不過我沒有完全採用民間的傳說，所以也可說是我的杜撰。我的想像是仙境，是一個永恆不變平平靜靜的地方。人間則是有波有浪，千變萬化的世界。人類的痛苦似乎是放在平靜的地方想有點波浪，到了有波浪的地方又想永恆與平靜。這也可說，凡人都想成仙，而仙人也許常想下凡。至於人間有永恆的愛情，則是一種願望；而為愛而死的人，竟是實踐了永恆的願望了。

作為一個歌劇來說，我在寫作時遇到的困難則是所謂「情熱」。西洋的歌劇最重要就是passion。Passion是強烈的情感——強烈的愛、恨或怒。譯作「情熱」也許不很恰當，不過也想不出更好的字彙。西洋歌劇裡的情感，無論愛、恨或怒都要提升到極端來表現。所以在歌詞中，常常可以連著唱好幾個「我愛你」而不嫌其煩。我這裡則有意的把「情熱」減弱，我覺得這比較合乎中國的趣味。

還有，西洋所謂歌劇常指 grand opera。Grand opera 的結局幾乎都是悲劇。我這裡在第三幕原是悲劇，到了尾幕回到仙境才作團圓結束。這是遵循鵲橋的傳說。原來本想把「只許他們一年一度的相會」加上去，可是這則是我主題所不能容納的，所以也不畫蛇添足了。

因為音樂界的朋友常常鼓勵我為他們寫一個歌劇，所以我作了這初步的嘗試，嘗試可說是對失敗的冒險。因為想冒這險的不止是我一個人，所以我也膽敢先來摸索了。

序幕

景：山靈水秀，樹木蔥蘢，花草燦爛，雲霧中微露朱棟畫梁。

人物：山神、花神、織女、仙人甲、乙、丙、丁等，仙童甲、乙、丙、丁等。

（幕開時，舞臺中有仙童十餘人在舞蹈，後方站著仙人、仙女十餘人圍觀，隨著音樂節拍鼓掌）

仙眾：（合唱）層紅疊翠，雲淡霞靜，玉衡西逝，北斗東隱，水星初照，木星復明，天河無波，
仙境永寧，大千莊嚴，三界聖淨，嘆時間無限，空間無垠。

（山神獨唱著前歌上）

仙童甲：山神回來了。

（眾仙童停舞，圍向山神）

（眾仙也向山神招手）

仙童乙：山伯，人間可是真的好玩，你手上是什麼？

山神：這是人間的花朵，你看同我們這裡有什麼兩樣？

眾童：給我們每人一朵。

山神：我給你們每人一朵。

（眾童順序每人從山神手中領花一朵，圍著山神舞蹈）

眾童：（且舞且唱）人間也有美麗的花朵。梨花白，桃花紅，鮮艷嬌弱是芙蓉。迎春花，黃如金；童貞花，幽靜如晨星。雍容高貴是牡丹，熱情奔放有幽蘭。夏季蓮花獨茂盛，出自泥淤不染身，秋風吹來菊花香，千姿萬態依斜陽，冬天梅花艷入骨，冰雪人間獨多情。

（眾童載歌載舞下）

（眾仙迎山神）

仙乙：人間怎麼樣？

花神：（在仙群中站出來）人間無常圓的月，人間無不謝的花。

仙甲：聞人間萬事無常，一年分春夏秋冬；花開了謝，謝了又開；南北相打，東西互拼，滄海桑田，永無平靜。不像我們仙境，朝朝日暖，夜夜月明，百鳥常年歌唱，萬花終歲如錦。

山神：人間千變萬化，苟日新，又日新。藝文燦爛，科學昌明；人飛太空，舟潛海深；日間車馬如水，夜來電燈通明；服裝日新月異，飲食山饈海珍；滿街高樓大廈，到處音樂繪畫，把世界修飾得如花如錦。

仙乙：我們既可隨時遊人間，也該讓凡人有緣來仙境。

山神：因此我主張，讓良善的人們，可以在死後成仙，使其在仙境中分享長生和平與安詳。

花神：我不贊成，我不贊成，我常去人間，對凡人毫無信心。人間無不謝的花，人間無永恆的愛情。人間充滿了罪惡，滿街污穢，遍地灰塵，眾暴寡，強凌弱，不分真偽，沒有和平。

山神：人間沒有仙境平靜，但因為有波動，所以有長進。人間沒有仙境美滿，但因為有悲劇，所以有愛情。人間沒有仙境光明，但因為有黑暗，所以有發明。

花神：人間的進步，產生苦悶；人間的發明，產生戰爭；人間的愛情，產生仇恨。

仙甲：請大家不要為人間爭論，讓我們公推一個代表，到人間作一年的居留。

仙乙：讓我們公推一個代表，到人間作一年的逗留。

仙甲：假如人間真如山神所說的可愛，他一定會逗留在人間流連忘返。
仙乙：假如人間真如花神所說的可憎，他一定會在一年後逕回仙境。
仙丙：贊成，贊成！讓我們公推一位仙子，到人間去體驗凡塵。
仙乙：誰願意到人間玩玩，誰不妨自動報名。
織女：（從眾仙中站出）我願意去，我願意，我願意到人間，看人間的地是否溫存，天是否光明，百花是否燦爛，山是否常綠，水是否常清。還有我要知道那些芸芸眾生，是否也真會欣賞美、真，懂得愛情。
眾仙：好極了，好極了，織女如願到人間，她一定會帶給我們真音訊，到底人間是美還是醜，我們可以有公正的定評。
花神：織女自願下凡，我們都可同意。但只能以一年為期，如期滿不回來，她將永遠淪落凡塵，不得再回仙境。
山神：如果人間並不如此可迷戀，織女怎麼會樂而忘返？
織女：好吧，好吧，一言為定，只要大家定一個日期，我一定如期回返仙境，向大家報告人間實情。
花神：那麼就定為花落時節，如你在人間，看到百花飄零，你應當馬上回返仙境，如仍對人間留戀，你就須淪為凡人。

織女：好，好，就此一言為定。
眾仙：好，好，就此一言為定，祝你一帆風順。
花神、山神：你預備何時動身？
織女：我馬上就去。
風神：讓我送你一程。
眾仙：再見，再見，祝你順風。（合唱）層紅疊翠，雲淡霞靜，玉衡西逝，北斗東隱，水星初照，木星復明，天河無波，仙境永寧，大千莊嚴，三界聖淨，嘆時間無限，空間無垠。

（眾仙下，舞臺上只剩織女與風神）

風神：你現在就去嗎？讓我送你一程。
織女：你整日來來去去，對人間一定比別人清楚，到底它是如山神所說的光明，還是像花神所說的黯污？
風神：人間是人間，仙境是仙境；我們不能用神仙的觀點對人間作批評。山神說得很有理，花神說得也很合情，但兩人的意見都不足為憑，要知人間究如何，且待你體驗了，才知道一個究竟。

織女：我此去是一年，如果到期我忘了回來，你必須趕來對我提醒。
風神：我一定來叫你。
織女：如果我忘了路徑，你必須帶我回仙境。
風神：我一定來帶你。
織女：如果我迷戀人間，到時候不想回來，我要你……
風神：那麼我就回來報告，並且代你證明，人間的確優於仙境。
織女：不，不，我要你不管我是否願意，你必須強迫我把我帶回仙境。
風神：把你強迫的帶回仙境？
織女：不管我是否願意，你把我帶回仙境。
風神：既然你那麼托我，我保證到時候把你帶回仙境。
織女：那麼我們去吧。
風神：你看那煙霧朦朧處，就是廣大的人境。

（風神護著織女下）

——幕徐下——

第一幕

景：這是一個風景很好的鄉下，在湖邊的一個村莊，舞臺的後面是村屋，屋左是山坡，坡上有鬱濃的樹林，村後遠處是層層疊疊的青山。

舞臺左面是湖，湖岸邊有亂石，上可站人。中間是一個稻場。右面是一所簡樸的村屋，這是織女的住所。屋前是一個竹棚，棚上沿滿了瓜藤。棚下放著板桌、竹椅，板桌上放著竹筐。

人物：織女、牛郎、浣紗女甲、乙、丙、丁、戊、己等，牧童甲、乙、丙、丁、戊、己等。

（幕開時，陽光普照，湖邊石上已有五六個浣紗女在那裡浣紗，遠處有村女挽著竹筐從後面村落中出來，也走到湖邊去浣紗）

（織女捧著紗從屋內去到竹棚，把紗放進板桌上的竹筐中，又回到屋內，再捧紗出來，又放在竹筐中，於是挽著竹筐走向湖邊）

眾女：（合唱）陽光普照大地，湖色輕浮雲影，紗白如霜，人艷如花，大好春光，莫辜負，華年如流水，一去不回，待輕紗成布，再染五彩，當製嫁衣裳，專候如意郎。

（村女陸續從村落中出來，隨著此歌聲合唱）

織女：（從臺右竹棚挽著竹筐出來，一面獨唱）朝浣紗，夕浣紗，浣紗女，美如花，臂滑湖水，腳踏細砂，舉目青山如畫。滿城飛絮，百花齊放，多少狂蜂浪蝶，專為春情忙。看滿村笑聲，遍野歌唱，紅男綠女，成對成雙，我獨無，如意郎。諸位姐姐，好。

眾女：（合唱）織女姑娘，您好，雲遙天高，陽光普照，遍地花開，滿樹鶯鳴鵲嘈。如此春光，哪個少年不鍾情，哪個少女不懷春，只有我們織女，玉潔冰清，不為春愁，不為情忙，終日紡紗織布，不與人來往。

眾男聲：（合唱）湖上魚成雙，林中鳥成對，春風如酒，陽光如蜜，蜂舞蝶飛。一寸光陰一寸金，日月易逝，年華如水，農事忙後日已斜；多情男女，今朝有酒，莫忘今朝醉。（眾牧童上）

眾男女：（合唱）一寸光陰一寸金，日月易逝，年華如水，浣紗畢後日已斜；多情男女，今朝有酒，莫忘今朝醉。

（眾牧童為眾女提紗筐，一對一對唱著〈一寸光陰一寸金〉下）

（舞臺上只剩織女一個人在浣紗）

織女：（獨唱）朝浣紗，夕浣紗，浣紗女，美如花，臂滑湖水，腳踏細砂，舉目青山如畫。滿城飛絮，百花齊放，多少狂蜂浪蝶，專為春情忙。看滿村笑聲，遍野歌唱，紅男綠女，成對成雙，我獨無，如意郎。

（就在織女歌唱之時，筐中的紗落水，被水流沖走）

（織女焦急地，循湖岸追紗，紗流往舞臺外）

織女：那面那一位大哥，請你為我撈撈紗。

牛郎：（聲）都在這裡了，我替你撈來。（牛郎撐小船過來，船上放著織女的紗）

（牛郎的小船靠岸，捧紗上岸）

牛郎：織女姑娘，讓我為你收起來吧。

（牛郎將紗絞乾，為織女一一納入筐內）

織女：多謝多謝。

牛郎：夕陽西墜，百鳥回巢，滿村炊煙低垂，田野蛙聲起，農夫荷鋤歸。有情人攜手歌舞，情話依偎。你何以獨自浣紗，辜負如錦春光，如流年歲。

織女：你說我獨自浣紗，你何以也不到鎮上尋歡買醉，要一個人湖上徘徊。

牛郎：我因為，我因為愛上了一個姑娘。這個姑娘美得像一朵玫瑰。

織女：你說那姑娘美得像一朵玫瑰，我能否知道她姓甚名誰？

牛郎：這個姑娘，眉如遠山，眼如雙星，她的嘴唇，如愛神的弓影。她的聲音，她的聲音如天仙的低吟。她還有一顆高貴無比，不屬於凡塵的心靈。

織女：那麼她一定是個仙子了。

牛郎：也許她真是仙女下凡。

織女：你愛她有好久了？

牛郎：我第一次見她就墮入情網，從此我食不甘味，寢不安床，天天在這湖上徘徊，每天希望能看到她影子，聽到她的歌唱。

織女：她難道一點都不愛你？

牛郎：她還不知道我在愛她。因為我始終找不到一個機會，我還怕對她說了，她會看輕我，說這是無賴的行為。

織女：那位被你愛的人，該是多麼幸福。愛情不在人間，愛情來自天國。它是奇妙的東西，它充滿了神奇與高貴。它會使聰敏的愚笨，愚笨的會有智慧，它會使美變成醜，醜變成美，它會使偽的變真，真的變偽。它還會使醉者醒，醒者醉，使哭泣的人笑，使歡笑的人流淚。愛情是天國的禮物，照耀著人間的光輝。

牛郎：你可願意知道我所愛的人是誰？

織女：是誰？

牛郎：假如我告訴你了，你不會生氣。

織女：我為什麼要生氣，我也不會去告訴別人。

牛郎：假如你真的不生氣，那麼我告訴你，她不是別人，正是你，是你！

織女：是我？

牛郎：是你，自從我第一次見你，我已經墮入情網，我整日在湖邊嘆息，整夜在山上彷徨，我還為你編情曲，每天早晨在你門前歌唱。我為你暗暗地流淚，偷偷地憂傷，今天可以在這裡把我的心獻你，我就是馬上死去，也不敢有什麼怨謗。

織女：我看到你心如火，我看到你情如光，我每天聽到你的情曲，我知道你哀怨，也知道你憂傷，但是我不知你在為我歌唱。如今我要接受你的愛情，我要伴你一同工作，一同創造，在這短暫的人間，伴你建立永恆的天堂。

織女：在天願為比翼鳥，在地願為連理枝。

牛郎：在這短暫的人間，建立永恆的天堂。（牛郎織女擁抱）

——幕下——

第二幕

景：如第一幕，某日黃昏，村女八、九人在湖邊廣場上跳舞唱歌。

人物：牧童甲、乙、丙、丁……村女甲、乙、丙、丁……牛郎、織女。

村女們：（合唱）水光瀲灩，山色青翠，陽光如蜜，春風如酒，到處是稻香。沿途紅花盛開，遍野柳絮飄揚，百鳥歡唱，蝴蝶飛翔，逢此豐收佳節，滿村穀倉滿，家家笑聲響。

（牧童們歌唱著上）

牧童們：（合唱）水光瀲灩，山色青翠，陽光如蜜，春風如酒，到處是稻香。沿途紅花盛開，遍野柳絮飄揚，百鳥歡唱，蝴蝶飛翔，逢此豐收佳節，滿村穀倉滿，家家笑聲響。

村女甲：你們都來了？

牧童甲：都來了，只是找不到牛郎。

村女甲：我們也找不到織女姑娘。

村女乙：我想他們倆，定偷偷地去鎮上遊逛。

村女甲：你們是說織女與牛郎？

村女乙：是呀。

村女甲：織女向來不貪玩，也許有事去鎮上。

村女乙：可是她現在已經墮入情網。

村女丙：墮入情網，她愛上了牛郎。

村女甲：你們說，她愛上了牛郎？

村女乙：一點不錯，她愛上了牛郎。

（以上對唱）

眾女：（大家圍甲、乙、丙）織女愛上了牛郎。（合唱）
牧童乙：哪個少女不懷春，哪個少男不鍾情，織女自從愛上牛郎，天天在湖上遊船，在山上閒蕩。
牧童丙：男大當婚，女大當嫁，願多情女都嫁癡情郎。
村女們：花大結果，稻熟穀黃，願多情女都嫁癡情郎。
村女乙：那面不是他們麼？
（牛郎、織女從山上下來）
牧童甲：可不是他們。
（以上對唱）
牛郎織女：（二人合唱）我們上山去玩，山上萬花齊放，彩雲頭上飛翔，黃鶯四周歌唱；我們湖上泛舟，湖上蓮花齊開，水底游魚曼舞，蝴蝶迎面飛來。這因為我們有愛，灰色的世界，頓時有光彩。
眾村女與牧童：（合唱）織女牛郎，快來快來，我們到處找你們，你們到何處閒逛？今天是收穫佳節，我們要大家聚在一堂，盡量歡樂，跳舞歌唱。
牛郎：（獨唱）今天適逢佳節良辰，大家歡聚跳舞；我特別要向諸親友宣布，我與織女訂了情，打算在月圓時節結婚，請諸位多多指教照拂。
眾女：（圍著織女殷勤相問）真的，真的？
牧童們：（合唱）男大當婚，女大當嫁，願有情人都成眷屬。
（牧童們歌唱著拉村女舞蹈）
村女們：（合唱）（隨伴牧童舞蹈，一面合唱）花大結果，稻熟成穀，願有情人都成眷屬。
（牛郎織女，攜手參加團體舞蹈）
眾合唱：水光瀲灩，山色青翠，陽光如蜜，春風如酒，到處是稻香。沿途紅花盛開，遍野柳絮飄揚，百鳥歡唱，蝴蝶飛翔，逢此豐收佳節，滿村穀倉滿，家家笑聲響。
——幕在歌聲中下——

第三幕

景：如第一幕，唯織女在屋前的竹棚下，板桌雜物已撤去，現在放著花盆，紅綠各花盛開。

人物：織女、牛郎、村女甲、乙、丙、丁……花神、風神，其他牧童等。

（幕開時，村女甲、乙幫同織女在竹棚下試穿新娘禮服，村女丙從裡面拿出一面鏡子給織女照看）

織女：（照照鏡子，看看自己的衣裳，旋轉身子，獨唱）對鏡看我嫁衣裳，恰如彩雲映湖上，臉如鮮花紅，心如小鹿撞，今天花開並蒂，星座聯雙，願百年好合，歲歲慶觴。

（村女戊己捧禮物上。村女戊手捧一束鮮花，村女己手捧一個錦盒）

村女戊：（獨唱）織女姑娘，恭喜、恭喜，謹奉鮮花一束。紅花象徵你愛情，白花象徵你純潔美麗。

織女：（接過禮物，交村女甲收下）謝謝，謝謝。

村女己：（獨唱）織女姑娘，恭喜、恭喜，謹贈玉壺玉杯，祝你愛結百年，夫唱婦隨。
織女：（接過禮物，交村女乙收下）謝謝，謝謝。

（村女庚、辛捧禮物上。村女庚手捧玉如意一柄，村女辛捧銀瓶一對）

村女庚：（獨唱）織女姑娘，恭喜、恭喜，謹贈白玉如意，祝你年年歡樂，歲歲如意。
織女：（接過禮物，交村女丙收下）謝謝，謝謝。
村女辛：（獨唱）織女姑娘，恭喜、恭喜，謹贈銀瓶一對，祝你相愛如膠漆，歡樂如魚水。
織女：（接過禮物，交村女丁收下）謝謝，謝謝。
眾合唱：陽光普照大地，山色青翠，水光瀲灩，如此良辰美景，又逢盛歲豐年，願有情人都成眷屬，愛結同心，樂比神仙。

（忽然雷電交作，狂風暴雨）

村女戊、己、庚、辛：（合唱）啊喲，天下雨了，我們該回去了，織女姑娘，再見再見，祝你快樂。

（村女戊、己、庚、辛下）

（狂風暴雨中，樹葉紛紛飄落，竹棚下花卉飛謝飄零。村女甲、乙、丙、丁擁織女入屋內。不一會，甲、乙、丙、丁，四人合用兩把雨傘，忽忽自屋內出，向後臺下）

（舞臺暫空。狂風暴雨，雷電交作，竹棚傾倒，湖水泛濫，一時天昏地黑）

花神：（獨聲唱）一年容易，又是落花時節，人間雖好，但從無不散的筵席。（風雨漸停）天有陰晴，月有圓缺。滄海桑田，愛情何來永遠甜蜜。

（花神上，風雨已停）

花神：（續唱）織女姑娘，相約在今朝，特來迎接，請放棄塵俗，共登仙闕。

（織女自屋內出）

織女：（獨唱）一夢醒來，竟已該回仙境。仙境沒有風霜雨雪，寒熱陰晴；沒有喜怒哀樂，六欲七情；沒有飢寒寂寞，沒有哀怨癡情。但我現在人間，人間一切靠創作。衣靠紡織，食靠耕耘。還有七情六欲，男女相悅成愛情。如今我已墮情網，成婚在目前，如何回仙境？

花神：你如不返仙境，那麼你將永為凡人，長留在塵世，被六欲煎熬，被七情焚燒，你將痛苦哀怨，如花落葉飄，冉冉衰老。

織女：仙境雖好，但我在結婚前夕，如何可把愛情輕拋？

花神：人間無永久的愛情，人間無不謝的花，人間無不老的青春。

織女：那麼請你給我三天時間，讓我享受人間愛情，與牛郎婚後，再回仙境。

花神：你如要回仙境，就在這一個時辰，有約在先。否則你就須長留人間，變成一個無救的凡人。

織女：好，好，那麼我就長留人世，放棄神仙生涯，永遠成個凡人。當你回到仙境，你可以報告，說我已經對大家證明，人間因為有愛情，所以遠比仙界美好，燦爛與光明。

花神：好，好，那麼再見了，織女，願你婚姻幸福，愛情永生。

（以上對唱）

（花神上，雷電又作，狂風暴雨下織女暈倒）

（風神上）

風神：（獨唱）織女下凡時，相約來接應，今見百花飄零，彼應早回仙境，如彼迷戀人間，我要強其同行。（狂風暴雨中，天昏地黑，舞臺暗暗，風神與織女隱退）

（風雨漸停，舞臺慢慢轉亮）

（舞臺上一切凌亂不堪，織女之衣飾委地，新娘衣巾則直飄到湖邊）

（牛郎上）

（牛郎先在舞臺中尋找織女，不見，乃奔入屋內，又奔出，見地上衣飾，四面檢尋，最後看到湖邊之織女衣巾，以為織女被狂風洪水打入湖中）

牛郎：（在湖邊石上望著湖水獨唱）天有不測風雲，人有旦夕禍福，原信愛結同心，何期禍從天來，掃盡人間幸福。景是人非，轉眼天堂成地獄。天長地久有時盡，此恨綿綿無絕期。君既棄世，我何生為，唯願死而有靈，黃泉再締婚姻。

（牛郎躍入湖中自殺）

——幕下——

尾幕

景：同序幕

人物：眾仙、風神、花神、山神、織女、牛郎。

（歌聲中幕啟）

（眾仙正在歡聚）

眾仙：（合唱）層紅疊翠，雲淡霞靜，玉衡西逝，北斗東隱，水星初照，木星復明，天河無波，仙境永寧，大千莊嚴，三界聖淨，嘆時間無限，空間無垠。

（山神上）

山神：（獨唱）織女下凡，在人間浣紗織布，終日勞苦，但到期竟依依難捨，足見人間不亞仙境，有無數可留戀處。

（花神上）

花神：（獨唱）織女在人間，墮入情網，一度曾留戀忘返，但現在已覺悟回來，覺人間充滿七情六欲，並無真情真愛。

（織女上）

織女：（獨唱）身在仙境，心留人間，想朝聚夕會，泛舟湖上，採花山邊，攜手逍遙處，郎愛我戀。如今俯視青山綠水，雲霧叆叇，坐立不安，心如火煎，應怪風神無情，挾我歸仙。

（風神從眾仙群中站起）

風神：（獨唱）織女姑娘，你記否，你記否在你下凡前夕，求我到期滿之日，到人間接你，你還說如你留戀忘返，我可強你歸來，不須得你同意。想人間愛情，隨時變移，美女易老，情人遠離，你已回來，何必再對人間依依？

花神：人間無常綠的樹，人間無不謝的花，人間萬物無常，人間的愛情，千變萬化。

山神：人間一切無常，海枯石爛，滄海桑田，但仍有癡情男女，一吻訂情，終身不變，甚或為愛殉身，抱恨終天。想仙境與人間遠隔，我想，我們應重新有一個決議，讓人間的有情人都成仙。

花神：人間萬物無常，他們的愛情正如人間的朝露晨霜，織女歸來後，牛郎如真是有情，早該為相思憔悴，或殉情身亡。

風神：我知牛郎因找不到織女，確已投湖身亡。

織女：牛郎真的已投湖身亡？（大慟）

山神：如牛郎真已為織女殉情，那麼人間雖無常，總還有愛情不變，我正式提議，我們應讓多情的男女成仙。

（以上對唱）

眾神：（合唱）人間萬物雖無常，但仍有愛情不變，我們應贊成山神提議，讓癡情的牛郎升天。

讓癡情的牛郎升天。

（牛郎在遠處出現）

牛郎：（獨唱）風狂雨暴，魂斷天邊，情人何處？白雲飄飄，遙聞仙樂悠揚，剎那間陽光普照，猛抬頭，滿目燦爛，大千萬種莊嚴，天河外，愛人就在煙霧飄渺間。

織女：（獨唱）遙望白雲升處，牛郎登天，天官竟憐多情人，一死成仙，從今後，多情人可朝夕相聚，歡樂萬年。

（織女奔到天河岸邊，無法過河。因佇立河旁，高唱）

織女：（獨唱）郎在西岸，我在東埠，遙望天河，無舟可渡。如有人為我築橋，我願為他織千匹錦緞，萬丈花布。

鵲橋歌：（幕後大合唱）喜鵲們，來，來，喜鵲們，來，來，快來造一條美麗的鵲橋，讓我們的仙女，過河去會情郎。因為她情郎非常癡情，為她投水身亡，我們的仙女遠在雲端，為相思也終日悲傷。如今天官已讓牛郎成仙，願他們早日會面，成對成雙。喜鵲們，來，來，我們快來造一條美麗的鵲橋，讓我們仙女去會情郎。喜鵲們，來，來，快來造一條美麗的鵲橋，讓有情人都成對成雙，讓有情人都成對成雙。

（鵲橋在歌聲中築成，織女飛奔過河）
（重唱喜鵲歌）

——幕在歌聲中徐下——

一九六五、八、三。七巧節夜一時。

輯二　短劇

紅樓今夢

地：香港

時：現代

人：裴正大律師

趙博士（Dr. William Genogramovsky Chao）

李定陽（大律師之秘書）

景：裴大律師之事務所，布置華麗。右面大寫字檯，高背坐椅；左面沙發一組。地氈新穎，燈光柔和。裡面靠牆有精致冰箱一櫃，旁邊有帶輪酒檯一個，牆上掛有中國山水畫一幅，頗不俗。

（幕開時，裴律師正坐在高背椅上看文卷，手拿雪茄煙，時吸時停。裴律師是五十歲左右的人，中等身材，雖微嫌發胖，然精神煥發，健康結實，戴一副黑框眼鏡，身穿一襲莊重深色的西裝，

帶一條有花的領帶）

（李定陽上。李定陽是大律師的秘書，年輕，長髮，時髦的西裝，個子不高）

李：大律師，有位趙博士來看你。

裴：趙博士？趙博士，啊，請他進來。

（李定陽下，趙博士上）

（趙博士瘦長個子，年紀約四十五六歲，穿一襲藏青的西裝，背微駝，上唇蓄著鬍髭，戴一副金絲邊的眼鏡，透露一種驕傲的光芒，態度瀟灑活潑）

趙：啊，裴大律師。

（裴從寫字檯後走出來迎接，握手）

裴：啊，趙博士，你好。（向沙發讓座）請坐，請坐。

（趙就坐，裴走向寫字檯拿一張印好的委託書交給趙）

裴：趙博士，昨天電話裡趙博士說是關於著作權的，是不是？

趙：是。

裴：那麼先請你簽簽委托書，這是我們這裡的手續。

趙：（站起來，拿著委托書看）……

裴：這只是一個手續。這件案子，你委托了我，我就不計算談話費，不然的話，這裡談話費是一小時三百元。

（趙從懷裡拿筆簽字）

（裴走到酒檯那裡斟酒）

裴：趙博士，你喝什麼？威士忌？

趙：好，好。

（趙說著把簽好的委托書放到寫字檯上）

（裴拿了兩杯酒過來，一杯交給趙）

裴：（舉杯）Cheers。

趙：（舉杯）Cheers。

裴：好，現在我們可以談談你的著作權問題，不知道是一本著作，還是……

趙：是我的研究的專利權，我想先請你代表我向全世界的研究所、大學研究院、大學的文學院寫一個備忘錄。讓他們注意那些想偷竊我的研究據為己有的人。自然，我以後的著作，也要禁止別人的抄襲。

裴：這個容易，不知道趙博士所研究的是什麼？

趙：是《紅樓夢》。《紅樓夢》，你知道嗎？

裴：《紅樓夢》，自然，我知道。我雖然對於文學外行，但是我從小就讀過《紅樓夢》，而且讀了不止一遍。還有，不瞞你說，我的父親是一個「紅學」專家，發表過不少文章。

趙：那好極了。我把這個來委托你，再好沒有了。你當然知道《紅樓夢》這本書是一本偉大的文學作品，是不是？

裴：自然，自然。

趙：可是也是有很多問題的一部著作。歷來研究這部書的人很多，但沒有一個解答了關於這部書的許多問題。
裴：我聽說如此。
趙：現在我總算把這些關於《紅樓夢》的問題都解決了。
裴：真的。
趙：我的碩士論文、博士論文，以及超博士論文都是關於《紅樓夢》的。
裴：真了不得。
趙：所以我要你保護我的成果。最近，聽說巴黎法蘭西學院的院士在寫一篇論文，就是有意無意地偷竊我的論證，所以我要你為我去信備案。
裴：這個容易。
趙：裴律師既然知道《紅樓夢》，我不妨告訴你一些我的研究，自然我的研究是非常專門的。我的碩士論文是〈《紅樓夢》的政治含義與象徵手法〉，我的博士論文是〈《紅樓夢》裡十二金釵的國籍問題〉，我的超博士論文是〈《紅樓夢》作者考〉。
裴：好像別人也討論到這些問題吧？
趙：可是都是胡說八道，比方說《紅樓夢》的政治含義吧……
裴：家父的研究，就說《紅樓夢》有反清復明的政治含義。
趙：這就不對了！哈哈！紅樓夢的政治含義，不瞞你說，是在描寫中國五四運動後，共產黨思想赤化中國，以及年輕知識分子的左傾。

裴：你是說，曹雪芹在乾隆年代已經看到兩百年後的中國政治思想種種了？

趙：所以《紅樓夢》作者也是一個大問題。我們知道「紅」色就是代表赤化，代表共產黨。共產黨的旗幟也是紅色。賈寶玉住在怡紅院裡，又叫怡紅公子，愛吃胭脂，這不是清清楚楚說他是共產黨的同路人麼？最後他的失蹤，賈政看見，是與一僧一道在一起。這一僧一道，就是蘇聯人，一個可能就是象徵鮑羅廷。記得賈寶玉當時身上披著的是什麼？是「大紅猩猩氈的斗篷」，「大紅」不必說，猩猩氈就是羅宋呢，是一種俄國料子。所以，這很清楚的是說賈寶玉實在是被蘇聯人帶到蘇聯去了。

裴：你是說賈寶玉是一個共產黨？

趙：我是說他先是盲目的「左」傾，後來變成一個真正共產黨。《紅樓夢》裡用紅色來象徵共產黨，是非常清楚的。譬如紫鵑，林黛玉的丫頭，就是一個十足的共產黨特務。

裴：你是說紫鵑是共產黨？

趙：紅得發紫，還不是共產黨？

裴：那麼林黛玉呢？

趙：林黛玉可能是象徵當時的美國大使，一個共產黨——紫鵑滲透在裡面，所以她常常吐血。

裴：吐血是什麼意思？

趙：吐血就是吐紅，吐紅就是專門說親共的話。

裴：妙極妙極！

趙：這問題，我在我作品裡有詳細的論證，這裡自然無法詳細告訴你。但是，你由此可以知道我對於《紅樓夢》的研究，並不是普通的研究，是前無古人的大發明，是不是？

裴：是的。（自語地）可是曹雪芹是乾隆時代的人，怎麼可以預言到這麼遠？（裴對於這問題似乎也發生了興趣，他一面站起來）你還要一杯酒麼？

趙：好，好。

（裴去斟酒）

趙：像這樣的論證，我敢說是完全推翻了前人的任何說法，是不是？所以我要你大律師保護我的專利權。

（裴斟酒過來，遞一杯給趙博士）

裴：現在我倒要問你，你剛才不是說你的論文題目是〈《紅樓夢》裡十二金釵的國籍問題〉麼？

這又是怎麼一種說法？

趙：那你只好去看我的論文了。不過我的論文是用俄文寫的，俄文你大概不懂吧。

裴：不懂不懂。

趙：那麼我不妨簡單地告訴你，根據我的研究，大觀園是東交民巷的象徵，東交民巷你當然知道了，是當年各國大使住的地方，而十二金釵正是當時的各國大使。你想，她們的國籍是不是值得研究？

裴：（被弄得莫名其妙，只好舉杯說）Cheers！

趙：Cheers！（一飲而盡）

裴：再來一杯。

（裴又去斟酒）

趙：（得意地來回踱著）《紅樓夢》最大的問題就是作者問題，前八十回是誰？後四十回是誰？多少學者研究過，還是毫無頭緒。而我，而我，我也費了二、三十年的工夫，才確確實實找到了正確的答案。

裴：（斟酒回來，一杯遞給趙）你說不是曹雪芹？不是高鶚？是誰呀？

趙：（搖搖手）唔，唔，（作神祕狀。輕輕地喝酒）是，是Dr. William Genogramovsky Chao。
裴：是外國人？
趙：現在有學問的人，誰不是外國人，這叫做學而優則洋。你看看，我們研究院的院士，有幾個不是外國人。
裴：可是他們都是雙重國籍呀！
趙：是呀，我也是雙重國籍呀！
裴：是你？
趙：是我，一點不錯。（從衣袋裡拿出一張名片，自己欣賞自己地看著，一面得意地唸出來）Dr. William Genogramovsky Chao, The Genuine Author of Red Chamber Dream.（他把名片遞給裴）
裴：（唸名片）Dr. William Genogramovsky Chao。這名字，好像很複雜。
趙：一點不錯，這是三重國籍的名字，William是美國名字，Genogramovsky是蘇聯名字，Chao就是趙錢孫李的趙，是中國名字。你知道這是合乎時代的。據歷史家的說法，統治這世界的，十七世紀是西班牙，十八世紀是法國，十九世紀是英國，二十世紀上半期是美國，下半期是蘇聯，但是，唔唔，到二十一世紀呀，那就是中國。所以我的名字，正是代表了二十世紀到二十一世紀的時代。

裴：是你？你是說《紅樓夢》是你寫的？

趙：一點不錯。我費了近三十年的研究才得到這個結論。

裴：你說是你寫的，你自己又費了三十年的時間才發現這個事實。

趙：一點不錯，這是純科學方法。

裴：你是說你用科學方法來研究你是真正《紅樓夢》的作者的？

趙：所謂科學方法，就是絕對客觀，一點不摻雜主觀的意見。你先必須忘去你自己是《紅樓夢》的作者，這樣才能真正達到純客觀的境界。我是說「純客觀」。

裴：記得以前胡適博士說，科學方法是「大膽假設，小心求證」，你是不是用這個方法。

趙：胡博士所說的科學方法可說是十九世紀的科學方法，我的科學方法則是二十世紀的科學方法，他是「大膽假設，小心求證」。我則「無膽假設，有心求證」。

裴：趙博士你說《紅樓夢》是你的作品。那麼後四十回呢？平常都說是高鶚續作的。

趙：後四十回麼，自然是我寫的。不過我寫了放在那裡，沒有整理。是一個朋友的妹妹叫做高可可的重新把它整理出來的。不瞞你說，據我的考證，我當時，因為要到美國留學，所以後四十回來不及整理謄清，我放在一個舊皮箱裡。這舊皮箱存放在一個朋友那裡，又被雨淋溼了，所以很亂。那位朋友的妹妹就是高可可小姐，她翻出來把它重新編寫的。（他歇一會，喝了一口酒）我這個發現，是不是把一個世紀來的中國文學上的大問題都解決了。

裴：真的，這個發現是必要的。因為如果沒有這個發現，說一個乾隆時代的作家的作品，寫的是民國以後的現象，這就講不過去了。

趙：不瞞你說，這《紅樓夢》書名，也是我定的。我當時在北京大學讀書，我們北京大學不是有一個有名的紅樓麼？我就是根據這個紅樓，才把這本書定名是《紅樓夢》。後來高可可小姐覺得這名字太隨便，所以又叫它《石頭記》。（歇一會，走到裴面前）裴律師，你不研究文學，也許不知道，我這個研究，這個發現，是中國文學史的大事情，我的一生的精力也在這上面，所以我要找一個像你這樣有名的律師來保護我的權益。

裴：（從內袋裡取出一張世界學術機構的名單）這裡有一張全世界學術機構的名單，我請你先為我去備案一下。

趙：沒有問題，沒有問題，我擬好稿子，先請你過目，我們隨時聯絡。

（李定陽上）

李：大律師，外面有一位姓曹的，曹雪芹先生來拜訪你。

裴：請他等幾分鐘。（李定陽下）

趙：（向裴）是誰？他是說曹雪芹先生？

裴：也還不是為著作權問題，要請教我。
趙：（膽怯地）那……那我先告辭了。
（裴趙握手，趙匆匆下）

——幕徐下——

看戲

時：現代
地：當地
人：夫五十歲左右
　妻三十歲左右
　木偶五人（用演員化妝。粉臉、紅唇、黑眉、黑髮及粉臉、紅唇、黃眉、金髮男女各一對。
　另一個黑臉、紫唇、黑鬈髮）
　其他演員，插在觀眾中間。
景：舞臺燈光集中中間，前後兩排木椅，後排稍高。前排有四個座位，後排有六個座位。

（幕開後，後排座位已坐了五個木偶，前排全空。夫妻二人上。二人服裝是現代的，中裝西裝都可）

夫：（往燈光陰暗中走過來，先出現聲音）已經開演啦？
妻：還沒有。
夫：怎麼這麼暗？
妻：走好。
夫：他們也不帶位。
妻：就是那前面第一排。

（二人走到前排座位）

夫：是這裡麼？
妻：就是這兩個位子。

（二人就座，夫回頭看看後排的幾個人）

夫：生意倒不錯。
妻：噓。（止其說話）

夫：（低聲地）怎麼？已經開演了？
妻：你看麼！
夫：看什麼？
妻：這許多人，你沒有看見麼？
夫：啊，是的。他們是幹嘛的？
妻：演戲麼？
夫：不對不對，我們是不是走錯了路？
妻：怎麼？
夫：他們好像都是觀眾。我們不要走錯了路，走到舞臺上來了。
妻：胡說，這裡明明是包廂，後面你看——都是貴賓。
夫：……（不作聲，沉默了一回，凝神看戲）
妻：（回顧後座低聲說）他們也在看戲嗎？
夫：誰知道。戲一定還沒有開演，大家都在等。
妻：也許我們太久沒有看戲了，現在演新派戲，新派戲據說是意識流的。意識流，你知道麼？
夫：怎麼不知道，我們誰都有意識流。
妻：現在你也許可以看見了，究竟戲有沒有上演？

夫：上演了，上演了，一定已經上演了。
妻：哪裡？
夫：意識流？
妻：你真的看到了？
夫：可不是？你看，那面，你看，那個頭髮梳得很光，穿一件紫褐色西裝的人麼？他是剛同他太太吵了架出來看戲的。
妻：你怎麼知道？
夫：他太太有了個男朋友，所以想同他離婚。
妻：怎麼隨便說人家私事。
夫：我們不是來看戲的麼？你看那個禿頂的老先生，他是個多麼可憐的人啊！他的太太死了，住在兒子家裡，每天受他兒媳婦的氣。他只好跑出來，沒有地方去，跑到這裡來了。
妻：真的，這都是戲裡的故事？
夫：誰知道，不過反正戲劇裡都是人生，人生中都是戲劇。你再看，這一對夫婦。
妻：哪一對？
夫：那一對，男的穿黑西裝的，女的穿白旗袍的。表面上好像很好，實際上一點也沒有感情。兩個人同床異夢。

妻：你這是講戲，還是……

夫：他們都在演戲。你看見那個過去貪污的官吏沒有？（低聲地）那個表面很規矩的很老實的人，他正受了一筆賄賂，數目可不小。那面，那面，你看，他可是一個富有的人，但是身體不好，他心臟衰弱，糖尿病，肺結核……錢可多了！地產，戲院，當鋪……但是錢有什麼用，救不了他的命。

妻：你在講什麼？一個人自說自話的。

夫：我在看戲。

妻：你在看戲還是演戲？一個人自說自話的。

夫：噓！你看戲嘛。前面，那個作家，他是一個作家，一個自以為了不得，實際上是一個可憐的動物。他論字數賣稿子，養著長頭髮，同一個舞女講戀愛。你看他的旁邊就是那個舞女，她晚上賣淫，不得不賣淫，她要養家，但是她還需要愛情，愛情，你懂麼？這個作家同她相愛，相愛很久了，但沒有法子結合，她要養家，家裡有老父、老母，有七、八個弟妹。

妻：你怎麼會知道這些？

夫：那個女的正在想，正在想……想這些問題。意識流嘛。

妻：這不是戲，這是你的猜想。在這裡，一家八、九口，三、四個壯丁都找不到職業，找到職業也不過一、兩百元一月，都養不了家。只有十八、九歲女孩子去賣淫才可以養家，這是社會問題，這不是戲。

夫：可是我們是在看戲，是不？看意識流的戲。人們的意識都牽涉到社會問題。你看，你看……

妻：你在說什麼社會問題。

夫：每一個人都是一個社會問題。比方說我吧。我現在沒有辦法，因為我生在中國，變成難民。如果我生在美國，這許多年奮鬥，至少也是一個國會議員。

妻：你又在發牢騷了，我們是來看戲的是不？

夫：但是社會問題……

妻：你剛才說的是政治問題。但是我們是約定了「莫談政治」才結婚的。

夫：好，好，莫談政治。但是現在是政治時代呀，我們不談政治，政治可談我們，是不？

妻：可是現在我們是在看戲呀。

夫：這個大舞臺裡，有各式各樣的人，人在演各式各樣的戲。但是，喜劇也好，悲劇也好，人演的都是可憐的角色。這裡你看，那個有錢的人，第二次大戰時候，做過漢奸，勝利後坐了三年牢，大家看不起他。現在到了香港，做生意發了點財，大家也都恭維他，大學裡還請他做董事。旁邊坐的是他的部下，一直跟他，跟他做官，跟他坐牢，現在在大學裡教書，去年還到美國去講學。

妻：你又是牽涉到政治了。

夫：但是，這個大舞臺裡，你看，哪一個演員不是在政治裡混過的？你看那面那個老先生，以前就是大官，刮了大筆錢，到了美國做白華。他不願納遺產稅，把財產分給兒女，自己留了三十萬美金，原以為這是最完善的安排了。但因為去做股票，把錢都賠光了。他的兒女可不願把分到的錢再還給他，他只好回來，想再活動做官。他現在不斷地講中國文化高於美國文化，可是兒女們都做美國人了。

妻：你講的是很好的笑話。

夫：是道地的悲劇。

妻：用幽默的眼光看一切悲劇就是笑話。

夫：悲劇怎麼全是笑話？

妻：悲劇在外行的人看來都是笑話。你想想，人活在世上不過幾十年，幾十年裡除了二十年長大，六十歲後衰老，不過三十幾年，三十年的時間多短促，我們都用在爭權、爭利、爭名、爭富貴淫樂，這不是笑話麼？

夫：你是來看戲的，是不？怎麼自己演戲起來了？背了這許多臺詞。

妻：是你自己在同我講話，是不？

夫：我只是講給你聽，這些意識流的戲，怕你看不懂。

妻：可是我現在可慢慢看懂了。原來他們都在……都在看戲。

夫：都在演戲！
妻：在演戲？難道他們也是？
夫：誰？
妻：他們。
夫：誰呀？
妻：坐在中間偏右的，一個穿灰衣服，一個穿白衣服的。
夫：是誰？
妻：你不認識？是有名的人物呀！你真是有眼不識泰山。
夫：他們是幹嘛的？
妻：是博士。
夫：博士有什麼稀奇？
妻：稀奇的他們是有名的紅白博士。
夫：紅白博士？
妻：你看你一點也不知道。這兩個，一個紅博士是美國哈佛大學的博士，一個白博士則是倫敦大學的博士。
夫：博士就是博士，分什麼紅的白的？

妻：我告訴你，那位穿白衣服的博士，他的博士論文是關於《紅樓夢》的研究，所以叫他紅博士；那位穿灰衣服的，他的博士論文是關於李白的研究，所以叫他白博士。

夫：原來是外號。

妻：還不是如此，那篇關於《紅樓夢》的論文，是論證《紅樓夢》是一篇預言的作品。據他的論斷賈寶玉是共產黨的象徵。

夫：（哈哈大笑）哈哈哈哈。

妻：笑什麼？自然人家有充分的論據。第一，賈寶玉愛胭脂，胭脂就是赤化是不？第二，他住的是怡紅院又叫什麼怡紅公子，這又明明是赤化，是不？第三，他反對封建制度、八股文。同共產黨一樣口吻，是不？所以賈寶玉代表的是共產黨。

夫：精彩！精彩！

妻：但是精彩還不止此。論文又論證《紅樓夢》的許多美人是美國人。

夫：（哈哈大笑）哈哈哈哈。

妻：笑什麼？把美人象徵美國人，這也不是什麼新潮的手法。曹雪芹的偉大就在此，他在兩百多年前已經預言到，寶玉同薛寶釵結婚而做了和尚，薛寶釵是雪，雪是白色，白色當然是象徵白色帝國主義，同薛寶釵結婚就是被白色吃掉，做了和尚就是落了空，這就是說，最後被美國吃掉，而「赤化」落了空。

夫：精彩，精彩！

妻：精彩吧。這篇論文在美國聽說的確很轟動。

夫：那位白博士呢？

妻：他的論文是關於李白的，他論證李白是俄國人。

夫：（哈哈大笑）哈哈哈哈。

妻：笑什麼。

夫：（又笑）李白是俄國人！哈哈。

妻：是白俄！所以叫李白。而且是哥薩克。他的詩中騎馬喝酒的描寫，都是哥薩克的白俄的風度。而且白博士還論證李白喝的酒就是「伏特加」，他還論證李白會跳哥薩克舞。

夫：（哈哈大笑）哈哈哈哈。

妻：別那麼大聲，別人還要看戲呢。

夫：我們到底是在看戲還是演戲？

妻：演戲看戲本來沒有什麼分別，你看人家，人家也看你。

（臺下有五、六個長髮時髦的青年從外面進來）

妻：快看快看，這是一群未來派的文學家。你看見沒有？那個高的是詩人，他只寫過一首詩，可是引起了全國的討論，電視的訪問，廣播的朗誦……一夜間就成了第一流詩人。那個打紅領帶是小說家，他寫過三篇小說，一篇是戀愛，一篇是結婚，一篇是離婚，也引起了全國——實際上就是他們自己的刊物——的討論，畫報上刊出照相，說是一九七五年天才的誕生，這三篇小說合印一本，題作《男女三部曲》，由美國一位漢學家題中國字作為封面……

（臺下五、六個長髮青年，像是找不到座位似的，在場中走了一圈，走到臺前看看）

夫：他們來了，他們來抗議了……

妻：好呀！好呀！

（五、六個青年也回答「好呀好呀」。繞一個圈子走出去）

夫：這一來，你把意識流都攪亂了。

妻：意識流？

夫：你介紹的戲是憑你的記憶來的。我介紹的戲是憑感覺來的。這些人坐在那裡，他們的意識都在流動，我感覺到這些意識流，所以我知道他們所演的戲。你看，那坐在左手後面的一對？女的很漂亮，兩條手臂很美是不？

妻：她在同男的說話？

夫：是的，她要走了。

妻：你聽得見她的話？

夫：意識流……我感覺到她的意識流，她要男的一起走。

妻：為什麼？

夫：不知道。

（臺下左手後方一男一女站起來，輕輕地走出來，到後面走出戲院）

妻：這也是演戲麼？

夫：自然。你看那面一個外國人麼？我不相信他聽得懂中國話，也在看戲。

妻：在演戲吧？

夫：也許。

妻：（低聲地）我們後面的那幾位……

夫：意識流的感應，也許……

妻：啊，我想起來了，那位外國人，他是一位法國的漢學家，他不會講中國話，他看不懂報紙，但是他研究韓非子，他是韓非子的專家。我碰見過他，在一個美國人的家裡，還同他喝過酒。

夫：你怎麼瞞著我同什麼人都來往？

妻：我哪裡瞞著你？你自己不喜歡交際應酬，難道我也整天不出去。

夫：可是你同外國人。

妻：外國人，怎麼樣？你自己不會講英文，就討厭外國人。種族歧視！

夫：你難道真的要演戲給別人看？

妻：演戲給人看就怎麼樣？

夫：讓別人看了笑話。

妻：笑話就笑話。好，我走了。

（妻站起來，匆匆從臺後走出去）

夫：走了倒好，反正戲也快完了。

（夫站起，追向臺後，消失）
（舞臺上只剩木偶們坐著）
（木偶們鼓掌）

——幕徐下——

一九七六年。

白手興學

時：現代
地：香港
人：許祿光（五十歲左右）
　陳博存（四十幾歲）
　撒真達（四十歲上下）
　李志儀（二十一、二歲）
景：大廳。布置很隨便，靠窗一個長沙發。右，另外一組沙發，中間放著小几。左，兩張寫字檯相對放著。右通內，左通外門。幕開時，舞台暫空。

（許祿光、陳博存自右上。許祿光是一個五十歲左右健康壯健的人，上唇蓄著鬍髭，衣著講究整齊。陳博存則風度瀟灑，活潑機靈，外表裝成學者樣子，而談話抑揚頓挫，極見機巧）

許：（一面講話，一面進場）你看，一共九大間。每間房子都有窗子，光線充足，空氣流通。而且這裡交通便利。
陳：一共有多少面積？
許：號稱三萬多尺，實用面積實在是兩萬八千多尺。
陳：許先生，這房子是你自己的？
許：是的。
陳：那就容易交談了。不知許先生要租多少錢？
許：月租四萬五千，六個月押租。
陳：你說月租四萬五千？
許：怎麼？陳先生你覺得貴麼？
陳：啊，我覺得太便宜了。那真是……
許：陳先生，你要住家，還是做什麼生意？
陳：這麼大房子，你想。現在大家都是小家庭，住家，恐怕並不合適，是不？
許：那麼做生意了？不知陳先生貴行是……
陳：是一種高尚的企業。
許：陳先生不是要辦什麼俱樂部吧？

陳：俱樂部。不錯，這房子很合適辦俱樂部。

許：如果要辦俱樂部，那我就不想租給你了。

陳：俱樂部，俱樂部有什麼不好？

許：香港所謂俱樂部，往往就是賭錢。

陳：賭錢，你是說俱樂部裡打牌？那當然是難免的。

許：打牌倒沒有什麼，壞的就變成了賭場。他們就是用俱樂部名義作為掩護，實際上是變相的賭場，什麼輪盤呀、番攤呀、大小呀都有，所以我不想租給作俱樂部。

陳：我們不辦什麼俱樂部。

許：那麼，陳先生，你也不是想辦跳舞學校吧？

陳：跳舞學校，有什麼不好？

許：跳舞學校本沒有什麼不好，可是跳舞學校往往借練習跳舞為名，請了好些舞女做助教，每天舉行舞會，等於變相的舞場，所以我不想租。陳先生不會是開跳舞學校吧？

陳：當然不是，當然不是。許先生真是正人君子，目的不是為營利，不然的話，這樣的房子，租作俱樂部或者跳舞學校，豈止四萬五千元，至少也可租八萬、十萬的是麼？

許：不瞞你說，這裡樓上樓下都是高尚的家庭，自然不會容許在這個大樓裡辦賭場與舞場。陳先生我不知道你們租房子打算作什麼用？

陳：我們是打算辦極高尚的文化機搆。
許：是不是辦補習學校？
陳：不是，不是。
許：那麼是幼稚園，或者是托兒所？
陳：不是，不是。不瞞你說，我們想辦最高的學府。
許：辦大學？
陳：大學，這地方怎麼夠？
許：那麼是大學籌備處。
陳：也不是，我們要辦最高的學府，自然比大學還要高，是研究所。所裡可以成立各種研究院。
許：研究所？研究所也可以賺錢？
陳：研究所自然是不打算賺錢。但是辦研究院的人，所長呀，院長呀，教授呀，都要吃飯，自然要有錢賺才肯來。
許：這是自然。那麼錢從哪裡來呢？
陳：我們有董事。董事，你知道就是研究所的老闆。研究所是最高的學府，最高學府的老闆，地位就很高了，是不？這些董事，我們請來的，自然不是有錢，就是有地位。有錢，不要說，他們做了研究所的董事，一個月出十萬、八萬有什麼稀奇？有地位，他們可以為研究所找到津貼。
許：找津貼？
陳：也可以說是補助費，比方我們有一個董事，他就知道政府最重視中國文化的研究，我們有中國文化研究院，他為我們申請了一年一百萬港幣的補助。
許：批准了？
陳：已經批准了六十萬，如果有成績，明年還可以加倍。我們知道印尼是一個新興的富有的國家，我們想成立印尼文化藝術的研究院，我們有一個董事是華裔印尼人，他就說只要成立起來，一年三、五十萬美金的津貼是不成問題的。
許：這計畫太好了。
陳：為文化，大家提倡文化嘛！比方像許先生那樣，愛好文化，願意成為我們董事，我們自然歡迎。
許：董事？
陳：研究所的董事麼？為文化，比方說，把這房子免費借給我們，這就夠了，是不？
許：免費借給研究所，我不如索性捐給研究所。不過，初辦的時候，我可以租給你們，只要你們付一點象徵性的租金，就算二、三十元，也是一個辦法。
陳：我知道許先生就是愛辦學的人，不過我們倒不在乎出幾萬元的租金，主要是要把研究所辦得好。

許：對，我想最要緊的當然是教授。

陳：這個，不用說，我們自然要請世界第一流的。

許：第一流的，那不是要很高的薪金，我們怎麼聘得起？

陳：不成問題。我這裡就有一張名單，有十幾個人，都是世界第一流的教授，不過他們都已退休了，我相信他們會很情願地擔任我們的教授。你看，這名單裡的人都是做過多年的大學教授的，個個都有兩三個博士學位。他們退休了，沒有事，有的也很窮，我們慕名請他，給他錢，他自然會很高興接受的。（指名單裡的人）啊，這兩個，一個蘇聯漢學家，一個非洲的人類學專家，去年剛剛死去的，我們也請他們。

許：你說，已經死去的，我們也去請他？

陳：這兩個名字就值錢。對內行人，我們可說，他們在死前接受我們的邀請的，現在可惜已經死去，我們還來不及取消他們的名字。對外行人，那些年輕的學者，覺得自己名字同他們放在一起是多麼榮耀呢？

許：不過有一個問題，如果那些名單上的名教授，都接受你的邀請，已經死的當然沒有問題，活的教授，你總要為他們安排住的地方吧？這些房子，也不能太簡陋，那麼……

陳：不需要，我們不需要他們來香港。我們只要他們肯擔任，我們每月送他兩三百美金。你要知道，我們的學生都是大學的高材生，他們目的是寫碩士論文、博士論文。我們給他介紹一個名教授，由他通訊指導，如果那個學生有錢，偶爾去看他老師一趟，那自然更能夠得老師的衣缽了。

許：你說，我們會有學生麼？

陳：自然，學生不用愁。你知道現在大學畢業生可謂毫無辦法，他們一定要有一個碩士與博士的學位。有了碩士與博士學位，就可以教大學，做大學校長。這裡，你看，同樣一件事，大學生來做，薪水是三千元，有一個博士資格，至少有六千元。我相信，我們一定可以有許多學生，他們一面在做事，但還是好學不倦，來求一個碩士或博士學位，求可以得到較高的薪水。所以這也是一種投資。因此，我們的學費標準，也要定得清清楚楚。讀碩士，比方說我們收兩萬五千元，讀博士，我們收四萬元，可以一次付清，也可以分期付款，斟酌加點利息。自然，最高學府，學生不會太多，我預定第一期不妨收一百個學生，那麼學費收入也就有兩三百萬元了，這自然也足夠我們經常的開銷了。

許：但是這些學位，應該得世界的承認才有價值。

陳：我們有了政府的支持，政府就承認了，我們得了印尼政府的津貼，印尼政府也自然就承認了。一國政府承認，全世界自然都承認。不瞞你說，我們正想請幾個非洲國家退休總統作為我們的教授，如果成功了，他所指導出來的學生還會錯麼？

許：比方我的小孩子，也想讀一個博士學位呢！

陳：只要他大學已經畢業，當然沒有問題！我們還可以介紹他一個最好的導師。導師，不但要學問好，而且人要慈善。這就是說他有西方科學的精神，但有東方道德的寬容。這也就是說，指導論文要認真，通過論文要馬虎。

許：很有道理，那麼小犬的事情拜托你了。

陳：沒有問題，沒有問題。

許：我倒要問你，你說教授都是一流的，又都在世界各地，那麼你要這麼大的房子幹嘛？

陳：這裡……自然，這裡要講學，我們對於本地教授自然要看重。那些香港大學、中文大學、台灣大學、以及美國大學、英國大學退休下來在香港閒居的，我們都要請來，越多越好。他可以一星期來講學一次，也可以兩星期、一個月來講學一次。你知道這裡大學的兼任講師幾多錢一點鐘，不過六、七十元港幣，我們每一點鐘則給一百二十塊或者甚至一百五十元。這種錢不能省，是不？

許：陳先生的計畫，真的周密極了。但不知這些本地的教授，是不是也指導博士論文麼？

陳：自然，有些年紀大的，我們還可以叫學生到他的家裡去聽他的指導。不用說，這些都是有名的、有資格的人。碰到教育部，或者印尼政府，或者各國學者，來考察、調查，我們請客，把那些在我們研究所掛名的教授都請來作陪，這就見我們聲勢浩大了。

許：這些公共關係，我倒可以做。

陳：自然，自然，許先生做研究所的董事，可以為文化努力的工作自然很多。比方，在台灣，就可以代表我們的研究所，教育界、文化界、學術界還不都要招待你，同你聯絡。我們還可以同他們交換教授，交換學生。

許：真的。好，陳先生，要是不嫌棄的話，我就擔任董事吧。

陳：那好極了，我的聘書明天就奉上。下次開董事會就要請你出席了。

許：那麼我們這個研究所叫什麼名字呢？

陳：我們叫亞非研究所。我們打算先成立中國文化研究院、印尼藝文研究院；以後我們隨時可以成立岡比亞、幾內亞、加納、多哥、達荷美、加蓬、扎伊爾、肯尼亞、埃塞俄比亞等等國家藝文研究院，只要那些國家給我們津貼。研究發展中國家的文化藝術是現在頂重要一種工作。而我們就這樣先走一步……

（有人按門鈴）

許：誰呀？（許起身去應門，門開處出現一個黑人）

撒真達：兩位先生，請原諒我來打擾你們。我是尚比亞人。尚比亞你知道麼？是在莫桑比克、安哥拉的中間的一個國家，國土面積有七十五萬二千六百多平方里，人口只有四百多萬。

（陳走過去歡迎）

陳：久仰久仰。大名是……

撒真達：我的名字是撒真達。

陳：撒真達先生，你的中國話可講得那麼好。

撒真達：我的母親是中國人。

陳：啊，怪不得。

撒真達：我是我們政府派來的人，想在這裡成立一個研究所，剛才隱約地聽你們所談的計畫，真的好極了，我想我們或者可以合作。如果你們成立一個尚比亞藝文研究院，我們政府可以資助你們，我們還想每年給你們五個獎學金，鼓勵中國學生到我們那裡去留學。

陳：那好極了，我們可以研究研究。

許：（記不得撒真達的名字）撒……

撒真達：（提醒許）撒真達。

許：撒真達先生，你怎麼聽見我們所講的。

撒真達：我正在你們樓下。樓下住的是我媽媽的一個親戚，他們是通過我媽媽的關係，同尚比亞做生意的。

許：真的無巧不成書，你是說那位馬先生？他是你老太太親戚？我們是上下鄰居，我們在大廈管理委員會開會時常常見面的。

陳：那真是一家人啦。

（門鈴大響）

許：這回，會是誰呀。

（有一位年輕貌美的約二十歲的女孩子，從觀眾中走出來，一面靦腆地走上台去。她的名字叫李志儀）

李：你們要辦非亞研究所，是麼？

許：我們想叫亞非研究所。

李：非亞，亞非也差不多。我剛才聽說你們有尚比亞的獎學金。我想來申請，不知道有什麼手續。

（陳博存走上來與李打招呼）

陳：貴姓是……

李：我的名字是李志儀，我是去年在浸會學院英文系畢業的。

陳：李小姐對於尚比亞文化有興趣，那好極了。這樣吧，你且把你的名字地址電話留下，我們一成立就通知你，你再來接洽好麼？

李：好、好。

（李走到寫字檯邊，寫她的名字與地址等）

李：再見，再見，謝謝你。

（李從舞台走下來）

陳：好極了。真是天從人願，事在人為，我們明天就可以動手進行了。

撒真達：真是，中國人真了不起，已經有學生來申請獎學金了。
陳：這是貴國的號召。不瞞你說，要不是你的號召，他們想去貴國留學，也不知道怎麼著手呢？
許：啊，時候不早了，我請兩位吃飯好麼？
陳：好極了，我們正可以借此與撒真達先生多談談。

（陳偕撒真達與許站起來，向外門下）

（幕徐下）

幕上出現大幅招生廣告：

亞非研究所招生

一、中國文化研究院
二、印尼藝文研究院
三、尚比亞藝文研究院
四、加納語文研究院
五、東南亞比較文化研究院
六、西北非比較文化研究院

上列各院公開招收博士班碩士班專修班
學生報名投考者須具大學畢業資格

——全劇終——

亞非研究所（香港橫直道）啟

一九七六，七，一五。

雞蛋與雞

時：偶然的一天

地：在一個熱鬧都市的僻靜所在。

人：李、梁、王（女性）、劉、胡、韓、魏、余、馬、趙、張教授，葉、林、劉、邱，紅衣女、綠衣女、藍衣女、黃衣女、隊眾約三十人。

景：舞臺中間，有一個兩尺半高的石臺。石臺是方形的。四周有低矮的石欄。左角有五級階梯，可從舞臺上石臺。右角有五級階梯，可從石臺走下來到舞臺。石臺上面有一個圓形黑色的帳篷，看過去裡面只能容七、八個人。帳篷的進口在左，出口在右。從帳篷進口處起，許多人排著隊，隊很長，一直到石臺左角石階下來，直到舞臺上，可能有二、三十人。這裡，觀眾可以看出，這群排隊的人都是順次序進帳篷去的。而如果有從帳篷出來的，則須從右角石階走下到舞臺。

（幕開時，隊列一直伸到舞臺中）

（李、梁自舞臺右面上）

李：這麼些人？他們在幹什麼？

梁：他們在領什麼津貼吧？

李：是什麼教會在講道吧？

梁：可能是看戲。

李：沒有聽說這裡演什麼戲。

（梁走到隊列的後面，問排著隊的人）

梁：先生，你們是在……

劉：我也不知道，我看大家排隊，一定……啊，也許有便宜的東西買。

梁：（再向前面一位）小姐，你們是買什麼？

王：不知道，聽說是雞蛋，也許是雞。

余：（他排在王的前面）這個年頭，買到什麼是什麼。
王：不是雞，就是雞蛋。
劉：究竟是雞還是蛋？
胡：（他排在余的前面）雞與蛋，還不是一樣，雞會下蛋，蛋也可以孵雞。
劉：要是只賣雞，我的錢怕不夠了。
梁：不要緊，要是先生願意，我們可以合買，買來了我們平分。
劉：那好極了。
李：（對梁）你也要買雞？買它幹麼？
梁：這年頭，難得有雞買，買來了，我們兩個人就可以好好地吃一餐。那麼，你快排在後面。

（韓、魏二人，前後從帳篷右面出來，從右角石階下來）

李：（對梁）你看，有人出來了。
梁：（看韓）他好像沒有買到什麼？
李：不要已經賣光了？
梁：（迎上看，問韓）先生，你沒有買到雞麼？

韓：買雞？誰說的？我們是看雞。
梁：看雞，什麼雞？雞有什麼可看的？那麼些人排隊去看雞，什麼特別的雞？
魏：（看看隊列）真的，這麼長！
李：是不是那隻雞會講人話啊？
韓：我們看的是雞生蛋。
梁：雞生蛋有什麼可看的？
魏：（對韓）你不要騙他們吧，我們看的實在是蛋生雞。
韓：胡說，我看的明明是雞生蛋。
魏：是蛋生雞，好不好？
韓：是雞生蛋！
李：雞生蛋就是蛋生雞，蛋生雞就是雞生蛋，這有什麼分別？
韓：（大笑）這可完全是兩件事。
魏：蛋生雞自然高於雞生蛋。
梁：雞生蛋也好，蛋生雞也好。可是這有什麼可看呢？
魏：這個，你可不知道了，這可真是奧妙無窮，奧妙無窮！

王：你們是說不是賣雞？
劉：也不是賣蛋？
韓：大家排隊都在買票。
劉：買票？
魏：買票看戲嘛！每場只能兩個人看。這麼些人，我怕要輪到，輪到半夜裡了。
王：買票看戲？不是買雞。
劉：不是賣雞，小姐，你可白排了那麼久了。
王：買票看戲，那更好了，我好久沒有看戲了。
韓：可是看的是雞生蛋。
魏：我可看到了蛋生雞。
王：雞生蛋，蛋生雞我想都全是好戲。

（趙、馬從石臺右角石階下來）

趙：真是好看，好看，真是好看！
李：你看的是什麼？

馬：真是奧妙！奧妙無窮。
梁：是雞生蛋還是蛋生雞？
趙：一言難盡，一言難盡。你們自己看吧。我還有事，我還有事。（急向舞臺左面而走）
馬：（跟著趙，一面說，一面走）有目共賞，有目共賞，不可以言傳。

（趙、馬匆匆自舞臺左首下）

韓：對啦，我們還不走，幹嘛？
魏：你剛才看的是雞生蛋，我想你應該再看看蛋生雞。
韓：你呢？你看過蛋生雞，就該看看雞生蛋。
魏：看了蛋生雞。雞生蛋就不值得一看了。

（張自舞臺右首上）

梁：（對張）啊，張教授。啊，好久不見，你好麼？
張：你們在這裡排隊？

梁：這位是我朋友李四龍先生，這位是張教授，張教授是生物學家，他對於雞生蛋與蛋生雞的問題一定很有研究。

韓：是不是張光年教授？我是韓壽，真是久仰了，這位是魏延領先生。我正好請教你。我們剛剛看了戲出來。我明明看見了雞生蛋，而他，他偏說看到的是蛋生雞。你說這是誰正確？

張：這其實是觀點不同，或者說是立場不同。

韓：你是說階級立場麼，還是民族立場？

張：不，不，你站的是雞的立場；他，他站的是蛋的立場。說得清楚一點，也是角度不同。從雞的角度看，自然是雞生蛋，從蛋的角度看，當然是蛋生雞。

梁：如果從生物學的角度看呢？

張：那可非常明白了。雞當然會生蛋，蛋也自然會生雞。簡單，簡單。

李：但是到底先有雞，還是先有蛋呢？

張：這就要問你站在什麼立場了？

梁：比方說是上帝造的，他是先造雞，還是先造蛋呢？

張：如果我是上帝，我一定同時造一隻雞和一個蛋。

李：可是你是生物學家，你難道不相信進化論麼？

張：從進化論的立場講。雞的祖先就不是雞，雞蛋的祖先也不是雞蛋。這正如有一個時期，中國人移民到美國，第一代是十分之八是中國人，第二代才勉強忘了自己的文字，第三代可以忘記自己的語言，第四代忘了自己的祖宗，到了第五代才變成純粹的美國人。雞也是一樣，等它忘了它的祖先以後，才變了真正的雞，才生出真正的雞蛋。

（葉、林自帳篷右面出來，一面談話，一面自石臺右角石階下）

葉：真是奧妙，真是奧妙！

林：我很想再看一遍。

葉：我也是。可是，你看那麼些人排隊。

林：我們再去排隊好麼？

葉：好，好，再看一遍，再看一遍。

（葉、李從石臺上下來，排在隊列後面）

梁：你們不是剛看完麼？

林：是呀，可是那是奧妙極了。
葉：可說百看不厭。
張：請兩位排在我後面吧。
林：好，好。

（李、葉讓張排在前面）

張：究竟你們看的是蛋生雞，還是雞生蛋啊？
葉：這很難說，人各有志。
張：你是說，看的人角度不同，是不？
葉：我是說相信雞生蛋的人，看蛋生雞也是雞生蛋；相信蛋生雞的人，看雞生蛋也是蛋生雞。

（劉、邱二人自舞臺右首上）

劉：（自言自語）又是這麼些人。

（匆匆排在隊列後面，邱跟著他排在後面）

邱：也沒有登報，他們怎麼知道的？

劉：有口皆碑嘛！

邱：你看了兩次還想看？

劉：這真是百看不厭。

張：這位先生，你真的看過了兩次。

劉：可不是，明天有空我也會再來。

張：這究竟是表現什麼？有人說是表現雞生蛋，有人說表現蛋生雞，我總說這是看的人的立場問題。

韓：（對魏）我們回去吧。

魏：聽他們怎麼說。劉先生，你看了兩次，一定比我們清楚。我看的是蛋生雞，可是我的朋友一定要說是雞生蛋。我倒要請教請教你，你看了兩次，看的到底是什麼？

劉：我頭一次看到的是雞生蛋，第二次看到的是蛋生雞。今天我不知會看到什麼？

韓：要是這樣的話，我倒想再看一次。

魏：我也想再看一次。

劉：我有一個朋友看了十二次，她說每次都不同。
張：一共也只有兩種，不是雞生蛋，就是蛋生雞，怎麼說看了十二次，每次都不同呢？
劉：我也不懂。其實光是雞生蛋與蛋生雞的問題倒是很簡單。
韓：這個，張先生已經解釋過，他是生物學家，從生物學立場上看，雞是逐漸逐漸演變出來的，蛋也是逐漸逐漸演變出來的。這正如有一個時候，中國人移民美國，想做美國人，第一代只是二分之一美國人，第二代是二分之一美國人，第三代是四分之三美國人，第四代第五代才是真正的美國人。張教授，我說得對不對？
邱：這是所謂進化論上的漸變說，現代是落伍的學說了，我相信的是突變說。
張：我倒要聽聽你這個突變說。
邱：突變說是不相信非雞的蛋可以產生雞，也不相信不是雞的動物可以產生雞蛋。雞與蛋的關係，因此決不是像中國人移民做美國人。而是像人與鬼的關係。人死了成鬼，鬼投胎成人。我們不知道先有鬼還是先有人。但其中絕沒有既不是鬼又不是人的一種東西。
張：你說的是神學，不是科學。
劉：可是，鬼投胎也不一定變人。好鬼才可以投胎變人，壞鬼投胎也許就變成雞。
魏：這樣一說，雞蛋倒是壞鬼投胎的了，哈哈哈。

（一位穿中國紅色襖褲。約十七、八歲的女孩子從帳幕右面出口處出來。她頭上梳著兩條辮子，辮上綁著紅絨頭繩。一手持鑼，一手持鑼箠，從石臺繞到帳篷前，敲著鑼。另外一位穿中國綠色襖褲約十七、八歲女孩子，完全一樣打扮，跟著紅衣女孩，去到帳幕前紅衣女旁邊。她手邊揮著一幅紅旗，旗上寫著八個金字：「今天演畢，明天請早」）

紅衣女：（拉起旗角，唸著旗上的字）「今天演畢，明天請早。」

（排隊的人們嘩然）

王及其他隊眾：我們排了那麼久……

隊眾：才四點半，你們就不演了。

紅衣女：不是我們不演，是我們的雞已經生了八十個蛋，它要休息了。它一天最多只能生八十個蛋，沒有辦法。它現在已經睡覺了。

王：那麼我們看蛋生雞好了。

紅衣女：可是今天生的蛋哪裡會生雞，生雞的蛋都是兩個禮拜以前生的。可是這些蛋也已經都變成小雞了。真對不起，沒有辦法，明天請早，明天請早。

（隊眾嘩然作哄散狀）

紅衣女：不過，諸位小姐，諸位先生，如果你們要買雞買雞蛋，倒有機會。請等一等，我們正有新鮮的雞蛋與小雞可以賣給你們。

王：我要，我要。

隊眾：我也要，我也要。

（一位穿中國藍色的襖褲，頭上梳兩條辮子，辮子上綁著藍色絨頭繩的十七、八歲的女孩，從帳幕右面出來，由石臺的右角石階走到舞臺。她手臂挽著一筐雞蛋，約有六、七十個）

隊眾：（圍上去看蛋）……

韓：（搶先舉手攔住隊眾）諸位當心。我們最好請生物學家張教授先來看看，這是不是真正的雞蛋。會不會是一種不是雞的蛋，或者是蟑螂蛋、王八蛋……

隊眾：張教授，張教授……

（張上去，細驗雞蛋）

張：根據市場的觀點，這可以說是百分之九十八是雞蛋，如果要根據科學的觀點，那必須等它孵成雞以後，才可以肯定。（一面說著，一面兩指拿一個蛋，向空中照著，看）

（隊眾圍上藍衣女，購買雞蛋）

（一位穿中國黃色的襖褲，頭上梳兩條辮子，辮上綁著黃色絨繩的十七、八歲的女孩子，從帳幕右面出來，從石臺右角石階走到舞臺上。她右手臂挽著一筐嫩黃色毛茸茸剛孵出來的小雞。約有二、三十隻）

黃衣女：誰要買小雞呀。

（隊眾圍上去看雞）

張：（站在一旁，手上仍拿著剛才那隻雞蛋）從生物學上觀點講起，這些小雞沒有一隻不是蛋變的。

（沒有人理他）

——幕徐下——

一九七六，一一，一。香港。

日月曇開花的時候

時：古今中外
地：四海之內
人：趙四十六歲
　錢四十二歲
　孫三十八歲
　李四十歲左右
　趙小妹十二歲
　趙小弟十四歲
　趙母六十歲
　周申三十八歲
　胡耀三四十四歲

王子釆攝影記者

景：趙家客廳，舞臺左有沙發，左近有酒櫃，沙發前矮桌上，放著五杯茶、香煙、煙灰缸等。舞臺後面有長桌，桌上點了一對大紅蠟燭，中間點著香，長桌很空，上面隨便放著兩架照相機。臺中間放著一盆六尺高的木本花木，東、西、南、北四角坐著趙、錢、孫、李四位。

（幕開時，臺上寂靜，後面有麻將聲傳來。燈光慢慢亮起來。電話鈴響）

趙：（去接電話）喂，是，是……還沒有……不錯，已經等了一天了。好，好，誰知道……你要來就來吧，說不定它馬上就要開了，好，再見。

（趙掛上電話）

錢：誰呀！

趙：周申。

錢：他不是本來要來的麼？

趙：是的，可是後來有事，昨天沒有法子來。現在聽說還沒有開，所以他想趕來看看。
孫：他倒是少等了二十四小時。
李：（看錶）真的，我們已經等了二十四小時了。
錢：是不是一定會開的？
趙：我們要有信心才好。
孫：我就怕弄錯了日期。
趙：今天沒有不開的道理。

（趙母上）

趙母：還沒有開麼？
趙：還沒有。
趙母：他們三十八圈麻將都打完了。說是還沒有開，他們不想等了。
趙：開不開，我自然不敢保證，不過我自己相信在這兩天裡一定會開的。
李：我想他們老年人，還是讓他們走罷。他們已經等了很久，萬一不開，太對不起他們了。

（趙與趙母內下）

錢：是不是真的？說這日月曇六十年只開一次花？

孫：這是趙明的父親告訴他的，他父親臨終的時候說他沒有來得及看這日月曇開花，所以死得不安。要趙明今年本月初一、初二看守這株花，它一定會開的。

李：那是三十年以前的事了，那時候趙明才幾歲啊？

錢：他現在是三十六，那麼那時候是六歲。

孫：六歲時，他爸爸臨終的話，全記得這樣清楚麼？

李：這個我倒相信，不過他爸爸怎麼會知道這開花一定的日子呢？

（趙上）

趙：我已經送他們走了。現在我們四個人可以靜靜來等。

李：這花一定會開麼？

趙：它自然要開。

李：但是你爸爸。

趙：我爸爸從來沒有對我說過謊。
孫：但是他臨終的時候可能神志不清。
趙：他一直到死，神志非常清楚。
錢：也許口齒不清楚了，而你，你才六歲，也許聽得不清楚。
趙：我聽得非常清楚，他真是清清楚楚告訴我今年九月初一、初二，一定會開花的，後來他也告訴了我母親。
孫：現在已經是九月初二了。
錢：那我們最多再等一天。
李：好，好，我們坐下來等。

（趙母上）

趙母：還沒有消息麼？
趙：媽媽，我看你太累了，還是先去睡吧，回頭花開的時候，我來叫你。
趙母：也好，那麼你一定要早點來叫我呀。

（趙母自內下）

（有門鈴聲）

趙：一定是周申來了。

（趙自外下，去開門）

（趙與周申同上）

周：是不是快開了。

趙：還不知道。

周：我想它是等我來才開吧。（周見錢、孫、李）你們一定等得很辛苦了。

李：你來，好極了。我想，我們最好輪流著來等，我們先去睡一回，你守著，要是花開了，你來叫我們。

孫：要是他一個人坐在這裡睡著了，不來叫我們。那怎麼辦呢？

錢：我想還是兩個人一班，三個人一班來輪流好了。

趙：我是主人，我不睡，你們兩個人一班來輪流好了。（趙小弟、趙小妹偷偷地自內上）

趙小弟：爸爸，花還沒有開？

趙：你還沒有睡？

趙小妹：我們睡不著，我想看看這花開。

趙小弟：爸爸，聽說這花開的時候，全房子都會香，全房子都亮了，是不是？

趙：你祖父是這樣說的。

趙小妹：這花一開，有音樂會奏起來，是麼？

趙：你祖父是這樣說的。

趙小弟：就在我們的頭上會有仙女飛過，是麼？

趙：你祖父是這樣說的。好，好，你們現在快去睡去，要是花開了，我來叫你們。

趙小妹：我不睡，我要等。

趙：乖，去睡去，花一開，我就來叫你們。

趙小弟：真的，一定叫我們。

趙：一定，一定，你放心，快去睡去。

（趙小弟、趙小妹下）

李：真的，老趙，你爸爸真的說過這花開起來是這樣香麼？
趙：他是這樣說的。
李：還有，發光。
趙：是的。
孫：還有音樂。
趙：他是這樣說的，但那可能是天上仙女飛過，先有音樂開路。
錢：他是說，這花一開，仙女就會來這裡參觀了。
趙：說是這麼說，不管怎麼，這花是六十年開一次，開的時候，全屋生香，光輝四射，色彩閃耀變幻。爸爸說，以前東方朔寫的一本《神異經》就提到過的。漢武帝就看見過這花開，那時候，有西王母自天而降。
周：《神異經》是神話，不見得可靠。我倒有一個朋友，是美國植物學博士，他上個月才回來，我可請他來看看，究竟這是什麼一種花。花開的時候是怎麼樣？
李：他怎麼會知道我們中國的花！而且他也不見得認識神仙。
錢：我想，請他來看看，見識見識也好。也許我們可以讓他懂得一點中國文化。
趙：好，你打電話去，會不會太晚？
周：沒有關係。我約他來喝酒，他一定會有興趣來看看的。

（周去打電話）

周：啊，老胡，還沒有睡吧。高興來喝一杯酒麼……我，我在一個朋友家裡……啊，他們家有一種神奇的植物，說是六十年開一次花，開起花來，光輝四射，全屋生香，音樂齊鳴，仙女過境，你這個植物學家有聽見過麼？啊……真的，真的，不是開玩笑，你來看看，總沒有關係吧……好……好……地址是開其當路八十八弄四號，就來啊。

（周掛上電話）

周：他就來了。他是一個酒鬼。

趙：真的，你們喝杯酒麼？

李：好極了。

（趙取酒招待客人）

（斟酒遞給客人）

周：（舉杯）現在你們都去睡吧，我可以陪胡博士，一同為你們等著，花一開，我就叫醒你們。

孫：（飲酒）現在倒也不睏了，我們喝喝酒，聊聊天，也很好。

錢：（飲酒）我也是，我想我們索性等到天亮再去睡吧。

李：（飲酒）我倒很想見見胡博士，聽他關於日月曇到底有什麼高見。

（電話鈴響）

趙：電話，這麼晚是誰啊？（趙去接電話）

趙：喂，喂，啊，是啊！誰，噢，是子釆兄，你好？你是說那日月曇？是的，是的，啊，我不敢驚動你，因為到現在還不知道它究竟會不會開。是的，是的，我有，我預備了照相機，自然，我怎麼能同你專家比。你聽誰說的，啊，是陳椿老，是的，他剛才在這裡打牌，等了太久了。是他告訴你的。好，好，你如果高興來照相，那好極了，不過它到現在還沒有開，不知道什麼時候開，好吧，好吧，是開其當路八十八弄四號。好，好，再見。

（趙掛了電話）

趙：是王子采。
錢：是他？那個現代報的攝影記者？他怎麼知道的？
趙：剛才在這裡打牌的陳先生，他們是鄰居。陳先生告訴了他太太，他一回家聽他太太說的。
錢：他一來，明天報上就有大消息了。
趙：他想來照相。
孫：我也帶了照相機。
趙：我也預備了照相機，可是他是職業的攝影記者，當然，會比我們好。
李：這下子可熱鬧了，來，再給我一杯酒。

（趙斟酒）

（門鈴響）

周：我想是胡博士來了吧。

（趙去開門，周跟著出去）

（周趙偕胡上）

周：這位是我們的主人，趙明先生，這位就是胡耀三博士。

趙：久仰久仰。

胡：趙先生，真是打擾，我是不速之客，不過我們對於植物學有興趣的人，聽到趙先生有奇花異草，那麼就是赴湯蹈火，不遠千里也想一飽眼福的。

周：這裡是等開花的一些朋友，我給你介紹這是錢先生，這是孫先生，這是李先生，這位就是胡先生——胡博士。

（胡一一同大家握手）

（趙斟酒給胡博士）

趙：白蘭地，好麼？

胡：好、好（乾杯）好酒、好酒。

（趙又斟酒）

（胡拿著酒杯，走到花盆前）

胡：這就是了，是日月曇？（走近看看）是，是，是有點與眾不同，讓我見識見識。啊，（用手摸摸葉子）是木本，不錯，（用鼻子聞聞）啊，是曇花的一種，不錯，不錯！（用舌尖去舔舔樹葉）啊！啊！不錯，與眾不同，是名貴的花，但是，但是，你怎麼知道它今天要開花呢？

趙：不瞞你說，我完全是外行，不過我相信我父親，我父親臨死的時候告訴我，這花六十年開一次，算了這兩天一定要開的。

胡：你老太爺，是什麼時候告訴你的。

趙：算起來有三十年了。

胡：三十年前告訴你！

錢：那時候，他才六歲呢。

胡：有這等事？居然說三十年後今天開花，啊！奇怪，奇怪。

李：胡博士，植物學關於這種日月曇是怎麼說的？

胡：我們研究植物學，都有正式的學名，學名都是拉丁名詞，這個日月曇，我不知道它學名是什麼？可惜，可惜，我沒有把我植物學大辭典帶來，不然，倒可以查一查看。

李：聽說東方朔的《神異經》裡提到這日月曇過？你知道麼？

胡：東方朔？東方朔提過？他是哪一國人？蘇聯的植物學家，還是，還是……

李：東方朔，東方朔自然是中國人。

胡：中國人，那很好，很好，我們就怕蘇聯人比我們知道早。說到這位東方先生，他也來看過？

李：我是說東方朔，他是漢武帝時候的人，怎麼會……

胡：……啊……啊……你是說古代的人，早已死去了的學者，那好極了，好極了。他，你是說他在一本書裡提到這花過。

李：聽說是的，我想胡博士也許知道。

胡：知道知道，是在哪一本書裡？

李：《神異經》。

胡：是的，是的，他提到的恐怕是古代的日月曇，可是放在我們面前的是現代的日月曇。憑我記憶所及，中國李時珍《本草綱目》裡好像沒有提到過六十年開一次花的曇花，就是蘇聯的生物學家李森科似乎也不知道有這樣一種植物。說到開花，它一定要有花蕾，有沒有花蕾了，現在？（就近看花）沒有沒有！你看，這就要研究植物學了，沒有花蕾，怎麼會開花！沒有花蕾，自然不會開花，你們空等它幹麼？

（大家就近看花）

趙：這大概就是花蕾了吧。

（胡就近去看）

胡：是，是，這是花蕾，這是花蕾！可是，還小，還小，這等於女人的肚子一樣，才兩個月，還早還早，今天怎麼會開花？（喝酒）

趙：可是我爸爸確確實實說今天要開花的。

胡：我想這是完全不合乎植物學的原理的一種猜想，而且，他在三十年以前，怎麼可以推測三十年以後開花的日子，我們用科學頭腦來想一想，馬上可以斷定這是不可靠的。

李：那麼，那麼我們……

（很失望地）

胡：我們喝酒，我們喝酒。

錢：（飲酒）那麼，我想，我們明天或者後天再來吧。

趙：可是我爸爸明明說這兩天一定要開花的。（孫又湊近花在看）

孫：（驚異地）看！看！你們看，這花蕾，這兩個花蕾。

（李也湊近去看）

（趙也湊去看）

趙：啊啊，真的，就這兩個大，這一個也許是日曇，這一個也許就是月曇。這也是我父親說的。說是這花是曇花的一種，叫做日月曇，就因為它一開花就有兩朵花同時開的，一朵是日，一朵是月，開的時候，異香滿室，光照四壁，音樂齊鳴，仙女過境。而且日月二曇，嬌豔異常，相對的跟著音樂顫動，像舞蹈一樣。

（胡湊近花幹，細細在看）

胡：真的，真的，它怎麼一下子就長大了，奇怪奇怪。快照相，快照相。我要記錄下來，我要寫一篇論文。明年我要參加世界植物學家會議，我可以宣讀這篇論文。

（孫從後面桌上拿照相機。對著花照了幾張相）

孫：我先照幾張，回頭專家來了再照好的。

趙：（看著花蕾肥大起來，大為高興，大為高興）來，大家來喝一杯，現在真的快開花了。你看，一下子它已經大了這許多了。

（門鈴大響）

李：有人來啦。

孫：一定是王子采來啦。

（趙去應門。偕王子采上。王子采是一個攝影記者，他脖子上掛一個照相機，手上又提一個照相機，身上背一個包）

趙：來來，我給你介紹。

王：都認識，都認識。只是這位……

趙：這位是胡耀三先生，是植物學博士。

（胡王拉手）

王：來來，我先給你照相。

（王拿了照相機為大家照了三、四張相）

（趙斟了一杯酒給王）

（王敬大家喝酒）

周：（望望窗外）怎麼，天已經有點亮了。

孫：幾點鐘了？

趙：（看錶）快五點了，真快。

（王又在對全體照相）

（趙小弟、趙小妹自內奔上）

趙小弟、趙小妹：爸爸！（一面拍手）真是好看，真是好看！

趙：你們起來幹麼？

趙小弟：爸爸，這花真是好看。

趙小妹：香得不得了。

趙小弟：整個房子都發亮，真是。

趙：胡說，你們在做夢吧。

（趙母自內上）

趙母：（對孫子、孫女）你們都起來了。

趙小弟：（奔向祖母）婆婆，你看見沒有。

趙母：真是，終於開了，（對趙）真是，你父親說的話一點不錯，滿屋生香，光照四壁，音樂齊鳴，還有那仙女。真的，我看見仙女在天空上，就在我們的上面飛過。

趙小妹：婆婆，我也看見，我也看見，真好看。

趙小弟：真好看。
趙：（驚異地）你們在做夢呀！花還沒有開呢！
趙母：已經開過了，你們沒有看見？
（趙就近去看花）
趙：啊，真的已經開過了！真的已經開過了。
（眾一齊去看花）
胡：啊！（驚惶不知所措，抓抓頭皮）一下子已經謝了！謝了！
趙母：已經開過了麼！
胡：怎麼回事啊？
眾：開過了，我們怎麼……（大家都坐下，僵僵地愣在那裡）
趙：（沉思了一會）大概，日月曇開花的時節，只有在夢裡的有信心的人才有福氣看到吧。

（王對日月曇樹照相。又退到遠處，對失望的人們照相）

——幕徐下——

一九七六。

客從陰間來

時：有那麼一天

地：有那麼一個地方

人：史家嵐（五十五六歲，父）

丁秀光（五十一二歲，母）

史中雲（二十七歲，子）

史中雨（二十六歲，子）

史中梅（二十四歲，女）

史中蘭（十九歲，女）

丁德存（八十二歲，外祖父）

史祖常（約八十五六歲，祖父）

張媽（約五十歲，女傭）

景：史家客廳。臺後通內，臺右通外，臺後角有一條桌，上有香燭，並供著鮮花。條桌上面的牆上掛著一幅史祖常的油畫像（中裝，蓄著林森式的鬍子，大概六十四五歲的樣子），舞臺左首放著一組沙發，右首一個圓桌，圍著四把舒適的椅子，舞臺正後方有窗戶，窗戶前放著一架鋼琴。

（幕開時，史中蘭正在彈琴，背對著觀眾）

（史中雲上，手裡拿著一束花）

雲：啊，中蘭，你的琴很有進步了。

蘭：你回來了，大哥，（她站起來）這花好漂亮！（她接過花）我去拿花瓶。（從臺後下）

（史中雲走到他祖父肖像前，看了一會）

（史中蘭捧著插好花的花瓶，放在桌上）

雲：你今天沒有課麼？

蘭：我特別告了假，不是祖父要來麼？

雲：你真相信祖父會回來麼？

蘭：我怎麼會相信？不過，父親既然這麼相信，我們也何必掃他的興。

雲：他實在太迷信了，二十世紀，還相信這些！

蘭：但是，靈魂這東西，什麼宗教都承認它是有的。

雲：就算是有，但是我們怎麼可以看見它。

蘭：可是爸爸相信這一次祖父回來，一定可以讓我們看見，所以他要你們回來。

雲：要不是爸爸在電報裡說他生病，我是不會回來的，我在美國有許多工作，學校裡的功課，實驗室，真是……

（史中梅上）

蘭：大姊，你回來啦？媽媽呢？

梅：媽媽大概在外祖父家吃飯，吃飯後，同外祖父一起來。我陪媽媽到外祖父家，就去看朋友，沒有同媽媽在一起。

蘭：二哥呢？

梅：他大概要去電報局、航空公司。大哥！（對中雲）你也剛回來麼？

雲：爸爸不是叫我們四點前一定要回來麼？
梅：現在三點還不到。爸爸也出去了？
蘭：他在睡午覺，不知道醒了沒有。
雲：中雨去航空公司訂飛機票？
梅：是的。
雲：他哪一天走？
梅：他說後天一定要回去了。
雲：他是說，後天要走了？
梅：他本來想明天就走，但明天的飛機聽說都沒有位子了。
雲：你呢？
梅：我本來想同二哥一起動身，但是媽媽一定要我多待幾天，我想也許下禮拜一吧。
雲：我也是急於回去，可是已經來了，我想看看幾個老朋友，還有一個老師，聽說他也在這裡。
梅：我也有許多朋友想看，不過，我在法國有兩個孩子，沒有人管。接到爸爸電報，說他生病，我什麼都不安排就來了。中蘭，你怎麼讓爸爸打這樣的電報給我們的。

（史中雨上，手裡拿著信）

雨：大哥回來啦？有信。這是你的，（給中雲）這是你的。（給中梅）

（中雲與中梅拆信閱讀）

雨：（對中蘭）你沒有去學校？

蘭：不是祖父要回來麼？

雨：你也相信這一套？

蘭：我雖然不相信他今天會來。但是我相信人有靈魂，而且靈魂是不滅的。他可能會回來。

雨：這已經是一種迷信。而爸爸居然相信祖父這一次回來，會讓我們看見，太笑話了。

梅：（已經讀完信，收了信）二哥，你是徹頭徹尾一個唯物論者，不相信有神，不相信有鬼，不相信有靈魂。但是爸爸有爸爸的想法，各人相信各人的豈不好，為什麼你總是要同爸爸去辯論。

雨：不是辯論，我只是勸勸他。譬如這一次吧，把我們三個人從美洲歐洲騙回來，你想，我們在金錢與精神上損失實在太大了，為什麼？就當他做幾個夢，他居然相信祖父今天會回來。

蘭：二哥，你也好久不回來了，就算回來看看爸爸媽媽，看看我也應該的。

雨：自然，可是我有假期，我在假期中自然可以回來，而且，突然來一個電報，說他生病，急急忙忙，我什麼都沒有安排，特別是我的實驗室。

雲：是呀，我也是一樣，不過既來之，則安之。現在你是打算後天走麼？

雨：是的，我已去過航空公司，劃了票。

蘭：希望你今天真的可以看到祖父，那就不虛此行了。

梅：就算人有靈魂，就算靈魂不滅，就算祖父靈魂今天會回來，他也許看到我們，我們還是看不到他的。

蘭：也許祖父就是想看看我們，那麼我們聚在一起，讓他看一次，也沒有什麼不對。

雲：靈魂如果像傳說中所說，那麼來去自由，那麼他隨時可以去美國、去英國、去法國來看我們，又何以要我們回來呢。

蘭：但是這是他的家，也是我們的家，是不？自然現在你們都已自己成家了，一個在美國，一個在英國，一個在法國。但是這是你們的出生地，是你們的根，回來看看祖父，或者讓祖父看看也沒有什麼不對吧？

（史家嵐從內上，他穿得非常整齊，莊嚴）

家嵐：你們都回來了，好極了，好極了，誰買的鮮花？

蘭：是大哥。

家嵐：很好，很好。中蘭，我想還是把香燭點起來吧。

（中蘭到舞臺後右角，點上史祖常肖像前所供的香燭）

家嵐：你媽媽還沒有回來？

蘭：還沒有，我想她也快回來了。

家嵐：好，好，現在我們坐下來，靜靜的等，看你們祖父是怎麼回來看你們。

（中梅就座，正在家嵐對面）

家嵐：中梅，你的衣服，太法國派了。頭髮，也太隨便。快去梳梳頭髮，換一件衣服。你祖父到底是前一代的人了，他一定看不慣你這樣打扮。快去修飾一下，漂漂亮亮，乾乾淨淨的。

中梅：（笑）好，好。

雨：爸爸，你真的相信祖父今天會回來？

家嵐：自然，我前後做了二十四個夢。

雨：夢見祖父回來？

家嵐：沒有夢見他回來。夢見他同我說，他要回來看我們，希望你們都在這裡。

雨：那只是你的孝心，因為你想念祖父，你夢見他，那是常事，是不？

雲：祖父已經死了二十幾年，就算他的靈魂會回來，他不是隨時可以回來麼？為什麼又要同你約今天？

家嵐：我做了二十四個夢。不瞞你們說，我先也不相信，他叫我寫信給你們，打電報給你們，亦都沒有照他做。後來，我就三天兩頭做夢，有一次，在夢裡，他對我大發脾氣，我好像是十幾歲的孩子一樣，聽他罵我。最後他拉我把他的話記在日記簿裡。清清楚楚寫明什麼時候打電報給你們，假稱是我生病。

（中梅上，她已經換了一件漂亮的衣服，臉上也塗了脂粉，頭髮梳得很整齊）

梅：爸爸，這樣好麼？

蘭：大姊，這樣真漂亮。

家嵐：你祖父看了一定會很喜歡的。

（中梅就坐）

蘭：爸爸正在講他的夢。

家嵐：你祖父看了一定會很喜歡的。

梅：爸爸，祖父是不是確確實實說是今天要來呢？

家嵐：自然，自然，不過他怎麼來法我就不知道了，他只說一定讓我們看得見他。

蘭：是一個鬼魂麼？真可怕的。

梅：爸爸在夢裡看見的祖父是一個怎麼樣子呢？

家嵐：是同他活著的時候一樣，同那面的肖像差不多。

雲：當他在夢裡叫你把他的話記在日記簿裡的時候，你夢裡變成十幾歲的孩子，那麼他呢？

家嵐：他，他，我記不清楚他是什麼樣子了。而奇怪的當我醒來的時候，我日記簿真有這些記錄。

雨：爸爸，那很可能是你下意識的衝動，你自己寫在那裡，以後你自己都忘記了。

家嵐：可是那字總不像是我自己寫的。

雨：那不是更不可靠了，可能是別人同你開玩笑，偷偷地給你寫在那裡的。

梅：中蘭，會不會是你開爸爸的玩笑。

蘭：爸爸的日記簿，是毛筆寫的整整齊齊的，我怎麼會去亂寫。
家嵐：自然不會是中蘭，這字是毛筆寫的，但很幼稚。後來我想起來，正是我十幾歲時候的字跡。
雲：哪裡會有這樣的事情？
家嵐：你們不信，我可以給你們看。中蘭，你到我書房裡把我的日記簿拿來。
蘭：好吧。（中蘭自內下）
雲：爸爸，祖父已死了二十多年。
家嵐：已經二十五年了，是你二歲的時候。
雲：那麼，他現在是八十六歲了。如果他像你夢中所見的，不是一直沒有老麼？
雨：要是他像人一樣的出現，爸爸恐怕也認不出是他。
梅：我想他回來只是鬼魂，可能像一陣風，可能像一陣煙。
雲：如果真可以看到一陣煙，那我們倒也不虛此番回來。
雨：最怕是根本是爸爸的一種空想。

（中蘭拿了家嵐的日記簿上）

家嵐：（拿了日記簿，放在圓桌上）你們來看。

（大家圍到圓桌去看）

家嵐：你們看這字，絕不是我現在寫的字，中雨說我下意識的去記了這些，根本就不可能，是不？

雲：這字不像是爸爸的字。

家嵐：是呀，可是也不像這裡任何人的字。

雨：也許是你的朋友。

家嵐：我的朋友？我從來不曾給他們看我的日記，我也從來沒有把我做夢的種種講給別人聽的。而且這字，正是小孩子寫的字。我後來想起來，正是我小時候寫的字。我說過，那天我夢裡竟變成了十幾歲時候的我，你說奇不奇怪。

雲：爸爸，我覺得一定是你自己寫的。而且是你自己學你小時候寫的字。

雨：爸爸，我想是你太想念祖父的緣故，一個人專想念一個死去的人，往往會出現希奇古怪的事情的。

蘭：我相信祖父的靈魂一定存在，爸爸想念他，同他有一種感應，這我想是可能的。

梅：可是，我們，我們……我們出世時，他已經死了。他怎麼說要看看我們，要我們從海外趕來呢？

蘭：我相信，他的靈魂是時常在回來，他看我們長大同爸爸媽媽看我們長大一樣。

家嵐：怎麼你媽媽還不回來？中蘭，你去打一個電話問問看。

（中蘭走到電話機旁打電話）

蘭：啊，丁家是麼，我是中蘭……我媽媽呢……啊，她已經同外祖父一起來了，好極了，謝謝，謝謝。（掛了電話，對大家）媽媽已經同外祖父來了。

雲：外祖父今年有幾歲呀！

家嵐：他比你祖父小四歲。

雨：那麼是八十二，可是他看起來可真年輕。

梅：他同祖父是老朋友，他們一起讀大學。

蘭：如果祖父回來，他當然會認得出外祖父的。

梅：祖父回來不是一個鬼魂，外祖父怎麼會得見？

家嵐：誰知道你祖父採取什麼方式出現，不過他說一定讓我們看見他。

梅：我倒要看看到底是怎麼回事？

雨：如果真有這樣的事情，那麼我倒要去研究靈魂學。

蘭：他來了，是不是可以同他說話？

梅：你當然可以對他說，但是他怎麼會回答你呢？

蘭：爸爸，我們是不是可以用扶乩的方式同他說話。

家嵐：這個，他倒沒有說。不過，我們把筆墨紙張鋪在桌上倒是對的，也許他要吩咐些什麼，可以寫給我們看。

（中蘭從內下）

梅：爸爸，祖父回來，會不會是用借屍還魂的辦法？譬如，回頭來了一個陌陌生生的人，說是我們的祖父，那怎麼辦？

家嵐：那也沒有什麼，我同他談他過去的事情，看他是不是真的是你祖父的靈魂，這是很容易的。

梅：那倒要去告訴張媽一聲，要是有陌生人來，讓他進來。

家嵐：關照一聲也對。

（中梅自外下）

（中蘭拿了筆墨紙上來，放在圓桌上）

（中梅上。隨著丁秀光及丁德存上）

梅：媽媽他們回來了。

（丁秀光伴著丁德存走得很慢。丁德存手上拿一根手杖）

蘭：（迎上去）外公，你走好。

（中蘭扶著丁德存坐在沙發上，秀光倒了一杯茶給德存）

秀光：你們都回來了，好極了。

家嵐：我看時候也快到了，大家靜靜等他。

德存：他說什麼時候來啊？

家嵐：他說四點以後。

德存：四點？四點天還沒有黑，不會這樣早吧。
雲：外公，你同祖父是從小的朋友，一定認識他吧。
德存：自然，不過他要是一個鬼魂，怎麼可以認得出他？
家嵐：他說他這次回來，一定會讓我們看得見他。
梅：我怕他也許會借屍還魂，那才麻煩呢。
雨：哪有這種事情！
德存：借屍還魂，以前是常有的事。那就是他的魂，借了一個剛剛死去的人的身體活回來，這書上也有不少的記載。
蘭：他要是借一個神氣的漂亮的屍體還好，要是借了一個又髒又臭的屍體活轉來，跑來看我們怎麼辦？
雲：那也可能借了一個漂亮美麗的女性。
梅：他這樣進來，怎麼會知道他就是祖父呢？
雨：要是有人冒充祖父，我們也認不出他啊。
德存：要是你祖父鬼魂在他身上，那麼我同他一講過去事情，他當然都記得的，是不？那麼，誰也沒有法子冒充的。
家嵐：不管怎麼樣，我們只好等他來了再說，現在猜也沒有用。你祖父既然說可以讓我們看見，我們不認識，也可以問得出來的。中蘭，我想你把窗簾通通拉上吧，現在已經四點鐘了，也許他就快來了。

德存：要是鬼魂，我想總要到天黑才來吧。

家嵐：他會不會……也許變成了一隻鳥，飛到窗戶那裡來讓我們看看呢？

（張媽自外上）

張媽：（很神祕地，輕輕地，用手拉拉中蘭）二小姐。

眾：（驚愕地）他來了？

（中蘭匆匆跟張媽出去，中雲跟著出去）

（中梅中雨也跑到門口。中雲、中蘭拿著電報上）

蘭：是電報。二哥，是你的。

（中雨接電報，拆電報）

家嵐：是什麼事呀。
雨：倫敦來的，催我早點回去。
家嵐：我以為是你祖父打來的。
雨：祖父怎麼會打電報？
家嵐：我想，他如果借屍還魂，很可能走錯地方，也許到了日本，那麼就可能打電報來。
梅：爸爸，我想祖父死在這裡，決不會到日本或者去借屍還魂的。
蘭：要是借了一個外國人的屍體，或者非洲人的屍體，那我們不是更糊塗了？
德存：我想這是不會的，你們祖父的魂一定是常回來的，不然你爸爸不會做那麼些夢，不過這次要讓我們看到。剛才你爸爸說變成一隻鳥，這倒叫我想到日本的一個傳說，說是人死了靈魂會變成蝴蝶，以前中國大思想家莊子不是夢見自己變蝴蝶麼？就是這個意思。我的意思，還是把窗戶打開，窗簾拉開。
家嵐：中蘭，你外公的話也對，你把窗戶打開吧。
（中蘭去開窗戶，剛打開一個。張媽自外上）

張媽：（同前次一樣，神祕地，輕輕地對中蘭招招手）二小姐。
眾：（驚愕地）他真來了。

（中蘭躡手躡腳地，走出去）
（眾站起，大家張望著外門）
（中蘭提著兩個大花籃上）

蘭：花籃，是誰去買的？
秀光：啊，是我買的，我都忘記了。
家嵐：我倒是忘了。我就說，我們要多一點花。中蘭，放到這裡來。
（中雲過去接花籃，幫助中蘭，把花籃放在適當的地方）
蘭：要是祖父像莊子一樣變成蝴蝶，那倒是好，我們有這許多花歡迎他。
（這時候，果然有一隻大蝴蝶自窗外飛來，它慢慢地在空中飛翔）

眾：（大家目瞪口呆地望著蝴蝶）……

（蝴蝶在空中飛翔，轉了一圈，慢慢地飛下來，停在條桌上面插在花瓶裡的花朵上）

（大家目瞪口呆地望著停在花朵上的蝴蝶，等它有什麼變化）

（史祖常上，面貌打扮，完全同油畫裡的肖像一模一樣，神采奕奕，風度瀟灑）

家嵐：啊，爸爸！（驚惶地）

雲、梅：祖父！（驚惶地）

雨、蘭：祖父！（驚惶地）

德存：你，真的。（迎上去）你，真的……（同史祖常拉手）

（家嵐過去擁抱祖常）

家嵐：爸爸，坐、坐。

祖常：不用不用！（秀光奉上蓋碗香茶）

祖常：不用，不用，你們都坐下，坐下。

（家嵐坐圓桌旁，德存坐沙發上，秀光站在中雲旁邊，大家都目瞪口呆地站著）

祖常：你們不要奇怪，現在科學發達，什麼都有可能。

（祖常很自然而健康地走著，他先到中梅面前）

祖常：你是中梅是吧。很漂亮，你不是有兩個孩子麼？怎麼沒有帶來？

梅：他們在巴黎。

祖常：我知道，我知道，（他走到中蘭面前）中蘭，你好，我每次回來，都聽見你彈琴，越來越有進步，真乖。（拍拍她的臉）（他又走到中雨面前）中雨，你在英國，很好。你是學生物化學的。是不？

雨：是，祖父。

祖常：你是科學家，不相信有鬼魂，是不？

雨：我……我……

祖常：科學還不夠發達。（他又走到中雲、秀光面前）中雲，你應該把你的太太同孩子帶來，讓我看看才好。

雲：祖父，我妻子是美國人。

祖常：在靈的世界裡，沒有分別，沒有分別。

雲：我也是不相信可以見到你。

祖常：難怪難怪。（他走到德存面前）

德存：（站起來）你……

祖常：請坐！請坐！你倒是很清健。

德存：還好，還好，平常我很少出來，今天聽說你要回來，我叫秀光來陪我。

祖常：好極了，好極了。今天真高興。

家嵐：爸爸，你請坐吧！

祖常：我不用坐，你們坐。現在我們可以隨便談談。

德存：我們有什麼話都可以問你麼？

祖常：自然，自然。

家嵐：爸爸，你是不是常常回來的。

祖常：自然，自然。

德存：我們是老朋友了，你可以不可以老老實實告訴我，人死了是不是一定要做鬼的？

祖常：這是自然啦。

德存：靈魂到底怎麼樣？是不是有另外一個世界？

祖常：這是靈的世界，你叫天堂也好，叫地獄也好，總之是靈的世界。

雨：祖父，你說靈的世界，是什麼樣一個世界？

祖常：一個自由自在，沒有是非，沒有真偽，沒有善惡，沒有麻煩，沒有愛恨，不分貴賤，不分彼此，不分智愚，不分你我，人人平等，個個自由。

梅：那簡直是烏托邦了。

蘭：難道你們靈與靈之間，沒有爭執、吵鬧、鬥爭、傾軋麼？

祖常：當然沒有，因為那是靈的世界，那種只有愛與和諧。這因為靈的世界沒有「物」，沒有「所有」，也沒有「被有」。人的社會爭的是「物」，要的是「物」。沒有「物」，也就沒有「欲」；沒有「欲」，也就沒有爭。事實上，千千萬萬的靈雖是千千萬萬的個體，但個體不活動時，也就會成一個諧和的整體。

德存：那麼有沒有神呢？或者也有一個陰間的政府。

祖常：神有沒有不是問題。靈的世界，看見的都是靈，接觸的都是靈。靈與靈的交往是透明的瞭解，不需要文字，不需要語言，不需要法律。所以在靈的世界沒有這個世界的俗務。

雲：祖父，那麼你們每天做些什麼呢？

祖常：你這又是這個人的世界的問題，靈的世界不會有這些問題。靈的活動就是為愛，為愛真，愛美，愛善。不活動時候就等於不存在。

德存：你是說，過去自從有人類以來，死去的人都有靈存在麼？

祖常：是的，都存在。

德存：那有多大的地方呀？

梅：如果歷史上死了的人，靈都存在，我們少說說也有幾千億的靈了，是不？

祖常：自然，自然，但是靈的世界是無限大，而個別的靈的存在只在活動時候才感覺到，不活動就等於不存在。事實上祂存在於一個整體之中。

蘭：祖父，那麼靈的活動是什麼呢？祂既然沒有衣食住行的問題，那麼是不是也有情感，意志呢？

祖常：有，但不是人的情感與意志，人的情感與意志都帶著欲，有欲就不會有真正的自由了。

德存：你是說你沒有欲望，但是你想看看你的兒孫。

祖常：那不是欲，那只是愛。在靈的世界，我們也愛藝術與科學，但只是在人世出現，在靈的世界是不需要的。

雲：祖父，這話我就不懂了。我們的科學與藝術是要改良世界，點綴世界。你們靈的世界既然是……是空虛的，那麼，要科學與藝術有什麼用呢？

祖常：一點不差，沒有用。靈的世界一切創造都是試驗，都是好玩。創造好了，出現一次，馬上就消失了。比方我也畫畫，畫好了就出現，欣賞完了就消失了。比方我愛奏鋼琴，鋼琴就在手邊，音樂出現。音樂散去，鋼琴也就消失。這個你們沒有經驗，當然很難瞭解，我們不說也罷。

蘭：祖父，我不懂，照你說，靈應該是無形的，那麼你現在的形呢？

祖常：那，那就是一種創作，是藝術，也是科學。

雲：可是你的形，不就是肖像上的形嗎？你死了二十多年，一點沒有老呢。

祖常：靈的世界當然沒有老少，沒有大小，沒有高低的，我現在的形只是為給你們認識方便才來的。

家嵐：可是你並沒有告訴我們你要怎麼樣回來？

蘭：外公說你也許——也許會還魂。

祖常：不瞞你說，靈的世界同這人的世界的溝通原是單行的。這也就是說，靈可以隨時到這裡來，但人除了肉身死亡，不能隨便去靈的世界。可是靈來的時候，你們看不見聽不到。所以許多人不知道，也不相信。唯一的辦法，就是你外公說的借屍還魂。我們靈可以進入一個剛剛死去的屍體裡活回來。

梅：那麼你……

祖常：可是現在，靈的世界出現了一個大科學家，他發明了一種奇怪的東西，在靈與物間一種東西，它可以為我們製造一個外形，或者說一個肉體。它可照我們所要的製造出來，套在我們的靈上，就可以同人們交往了。

蘭：祖父，你是說你的身體是製造出來的一個外形。

祖常：一點不錯。

蘭：我可以來摸摸麼？

祖常：可以可以，但是你摸不出來的。

蘭：（中蘭摸祖常的手與衣服）不完全同我們一樣麼？

雨：祖父，你是說你們現在才有了這個發明。

祖常：正是，這是最近的發明，可是，要定做一個我們所要的外形，至少要好幾年。

雲：祖父，你是說你定做一個外形，同我們定做一套衣服一樣麼？

祖常：是呀！就是這樣，我是照我這張油畫像的外形去定做的，我想這樣你們都可以認識我。

蘭：祖父，那你不是就不必回去了麼？就住在這裡好了，同你活著一樣。

祖常：可是我是靈呀。這外形，雖是我的，但同你們的衣服一樣，是身外之物，套在身上可真的累贅。自然我可以隨時擺脫，一擺脫，它也就消滅了。這是一個臭皮囊，你們從來沒有擺脫過，所以不覺得。我已經解脫了二十幾年，現在掛著，真是累贅。

德存：照你那麼一說，你們在那裡的生活，不是再快活也沒有了麼？

祖常：自然、自然。不瞞你說，這個臭皮囊實在是累贅，我披在身上真是不舒服，我真不知活在世上幾十年是怎麼過的。吃呀！拉呀！洗澡呀！打扮呀！真是又蠢又俗。

蘭：祖父，那麼你就是住在天堂裡了，是不是？

祖常：也可以那麼說，靈的世界就是天堂。

德存：你是說，人一死，人人都到了天堂。

祖常：靈的世界都是透明的純潔的靈魂。可是人一死，他不能馬上到靈的世界。他靈魂上有許多欲，有許多罪。

德存：那麼是不是真有地獄呢？

祖常：你叫它地獄也好，事實上是一個鍛鍊的地方。人一死，誰都要到那個地方去，正如你們叫下放，叫勞動改造一樣，把那個靈魂鍛鍊到透明了也就是虛無了，才到了靈的世界。

德存：是不是每一個人都要去鍛鍊的。

祖常：每一個靈都要去。但是時期不同，有的鍛鍊一星期就可超升，有的三百年還在鍛鍊。不過人的靈一定可以鍛鍊成透明純潔，最後還是會到靈的世界，一到靈的世界，大家就一律平等，美人與醜怪，帝皇與乞丐，聖賢與奸佞，都變成透明純潔的靈。

德存：那麼在鍛鍊時候，是不是很痛苦呢？
祖常：自然，自然，那簡直……沒有法子形容，不過一鍛鍊成功，什麼痛苦都不記得了。
德存：你，你死的時候也鍛鍊過了。
祖常：自然。
德存：有好久呀？
祖常：我也不記得。
德存：比方我死了，你以為要去鍛鍊多久呀？
祖常：這個我怎麼知道，不過你是一個好人。好人，窮人往往幾天就出來了。
德存：照你說，靈的世界是這樣自由，那麼美，那還不如早點死好了。
祖常：可是自殺是有罪的，同殺人一樣，這可使不得。也許會加長了你很長的鍛鍊的時期呢！
秀光：（走向家嵐）爸爸是不是要吃些什麼？
家嵐：爸爸，你是不是想吃點什麼？
祖常：我是靈，不吃什麼，什麼都不吃的。
家嵐：那麼，坐一回好麼？
祖常：不用，不用。（他走向條桌，條桌上供著香燭）那是供著我麼？好極了，謝謝你們的孝意。

（花瓶的花朵上一直停著一隻蝴蝶，這時候慢慢地飛起來）

蘭：蝴蝶、蝴蝶，祖父，你看蝴蝶，莊子變為蝴蝶，我們先還以為它就是你。

祖常：有意思，有意思，你說得有意思。

家嵐：爸爸，這裡有紙筆，你寫幾個字給我們好麼？或者寫一首詩。

祖常：我死了以後就沒有寫字。詩，我常做，可是靈的世界的詩完全不同了，你們怎麼會懂。

雲：祖父，那麼也隨便留幾個字好麼？

祖常：中蘭，來來，你來，你來寫。你來寫。

（祖常促中蘭，中蘭走到桌邊寫）

祖常：你寫，「幾年幾月幾日，祖父披著六十四歲時的胴體來過。」

中蘭：今天是四月幾號。

秀光：今天是四月六日。

（中蘭提毛筆寫字，蝴蝶在房中飛翔，慢慢地從窗戶口飛了出去）

祖常：（看著中蘭所寫的字）不錯，不錯，寫得很好。好，好，現在我要走了，我要走了。
家嵐：（詫異地）這字，這不就是你的字麼？爸爸。同你寫的一模一樣。（拿起來看字）
祖常：有意思，有意思。啊，我現在要走了。
家嵐：爸爸，你為什麼急於回去呢？
祖常：我隨時會來，不過不會披這個累贅的胴體來，這個東西太累贅。好，好。再見，再見。
（祖常對大家揮揮手，但走到德存旁邊，同德存拉拉手）
祖常：不要怕，不要怕，我在那面等你，等你。
（祖常很瀟灑輕捷地向外走去，中蘭跟隨著他）
祖常：你要送我麼？不要送我，你去彈琴，去彈一曲好聽的，一直彈到我走遠了，好不好？
（中蘭遵命的走到鋼琴，坐下來奏一曲蕭邦的夜曲）
（祖常瀟灑輕捷地走向門口）

（眾起身要送。祖常揮揮手，阻止了他們，眾詫異地望著他）

（中蘭仍在奏琴，祖常在門口消失）

德存：（為想送祖常而站起來，突然倒在沙發上）……

秀光：（過去拉扶德存）爸爸，爸爸……

（眾回顧，看到德存已經昏厥，驚惶失措）

秀光：家嵐！家嵐！（家嵐慌張地跑過去）

家嵐：（摸摸德存的手與前額）他……他已經……已經……死了。

（眾圍上去）

——幕徐下——

一九七六，一二，一二。

徐訏文集・戲劇卷03　PH0244

醸 鵲橋的想像

作　　者	徐　訏
責任編輯	陳彥儒
圖文排版	蔡忠翰
封面設計	王嵩賀

出版策劃	釀出版
製作發行	秀威資訊科技股份有限公司
	114 台北市內湖區瑞光路76巷65號1樓
	電話：+886-2-2796-3638　傳真：+886-2-2796-1377
	服務信箱：service@showwe.com.tw
	http://www.showwe.com.tw
郵政劃撥	19563868　戶名：秀威資訊科技股份有限公司
展售門市	國家書店【松江門市】
	104 台北市中山區松江路209號1樓
	電話：+886-2-2518-0207　傳真：+886-2-2518-0778
網路訂購	秀威網路書店：https://store.showwe.tw
	國家網路書店：https://www.govbooks.com.tw
法律顧問	毛國樑　律師
總 經 銷	聯合發行股份有限公司
	231新北市新店區寶橋路235巷6弄6號4F
	電話：+886-2-2917-8022　傳真：+886-2-2915-6275

出版日期	2021年4月　BOD一版
定　　價	300元

國家圖書館出版品預行編目

鵲橋的想像/徐訏著. -- 一版. -- 臺北市：釀出版, 2021.04
面；　公分. -- (徐訏文集. 戲劇卷；3)
BOD版
ISBN 978-986-445-447-1(平裝)

863.54　　　　110000010

讀者回函卡

感謝您購買本書，為提升服務品質，請填妥以下資料，將讀者回函卡直接寄回或傳真本公司，收到您的寶貴意見後，我們會收藏記錄及檢討，謝謝！

如您需要了解本公司最新出版書目、購書優惠或企劃活動，歡迎您上網查詢或下載相關資料：http:// www.showwe.com.tw

您購買的書名：______________________________

出生日期：________年________月________日

學歷：□高中（含）以下　□大專　□研究所（含）以上

職業：□製造業　□金融業　□資訊業　□軍警　□傳播業　□自由業

□服務業　□公務員　□教職　□學生　□家管　□其它_____

購書地點：□網路書店　□實體書店　□書展　□郵購　□贈閱　□其他

您從何得知本書的消息？

□網路書店　□實體書店　□網路搜尋　□電子報　□書訊　□雜誌

□傳播媒體　□親友推薦　□網站推薦　□部落格　□其他__________

您對本書的評價：（請填代號　1.非常滿意　2.滿意　3.尚可　4.再改進）

封面設計____　版面編排____　內容____　文／譯筆____　價格____

讀完書後您覺得：

□很有收穫　□有收穫　□收穫不多　□沒收穫

對我們的建議：______________________________

____

____

____

請貼
郵票

11466
台北市內湖區瑞光路 76 巷 65 號 1 樓
秀威資訊科技股份有限公司 收
BOD 數位出版事業部

（請沿線對折寄回，謝謝！）

姓　　名：＿＿＿＿＿＿＿＿　年齡：＿＿＿＿　性別：□女　□男

郵遞區號：□□□□□

地　　址：＿＿＿＿＿＿＿＿＿＿＿＿＿＿＿＿

聯絡電話：(日) ＿＿＿＿＿＿＿＿ (夜) ＿＿＿＿＿＿＿＿

E-mail：＿＿＿＿＿＿＿＿＿＿＿＿＿＿＿＿